角倉羊子歌集

SUNAGOYA SHOBŌ

現代短歌文庫

砂子屋書房

角倉羊子歌集☆目次

『テレマンの笛』(全篇)

I

角倉羊子歌集

『テレマンの笛』（全篇）

I

翼持つ背

厳しきことなべて少なき冬なるかわが掌にひかるけしの種

砂色の毛糸玉ころがし編む夜に音を立てずに私を捨てる

翼持つ背にスカーフを纏いつつ新年の礼拝に弾くプレリュード

極限の音を楽器に強いしとうマーラーの風景を見る夜のあり

ジェラシーは足早に過ぎわが部屋に花咲く草の素描を飾る

知り過ぎて言い出し得ないことがあるいつもの道を真っ直ぐ帰る

ひそやかに邪魔者は消す冬窓に衰え見せぬシクラメンあり

萌え初める街路樹のなか自転車は空への助走前傾で漕ぐ

はつ夏のわが黒髪に止まらせん蝶の留め飾り
二つ求めぬ

この靴で今日君と会う雨上がりの街歩くとき
何を話そう

鬼子母神ふとりし鳩の寄り来れば傘の背中を
くるりと向ける

羊歯のごとくに

めぐり会うときめきに似て山ざくら踏む木道
に淡く紅さす

上り行く道ややありて木の間よりわれに近づ
く青き尾瀬沼

濃き眉のごとき藍色しずまりて額あじさいの
渓流に咲く

暫くは寡黙な私かもしれずゆうすげの咲く野
を帰り来て

山の気の濃くやわらかき闇に臥しひたに眠らん羊歯のごとくに

桂林の土壁の色に似たるかな月餅を包むひとえセロファン

ワルツ踊る若き肢体のしなうときライトに汗のしたたり落ちぬ

ロゼワインのグラスことりと夜の卓におけば欅の秋は来るべし

不安するどく

すこしずつ銀杏の色が変わりゆくかしぐことない空に向かって

暖かき午後を降り出し音もなく洋梨の丸みに滑る雨だれ

流されるふりしてしたたか逆らって今日口紅は薔薇の花びら

金色のくぬぎの大樹まで行こう一人歩きのバランスとって

目覚めよと呼ぶ声のするかなたよりオルガン
響き糸杉の秋

スキャンダル許されおりてモノクロの写真に
微笑むマーラーの妻

バロックとはいびつものへの呼び名とう我ら
の凹みの淡き光よ

新しきわざへの願いかなしくてアールヌ
ヴォーの絵葉書を買う

いつの間にか止まっているＣＤ　消えるとき
もそんな風に

テレマンの笛

モーヴ色の鳩いずこにか止まるらしＣＤ売場
のバロックの棚

早世の人の母へのカンタータ包みて結ぶリボ
ン水色

まめ粒のサイズの私もその人も無邪気に笑う
五月の写真

はばたけぬ私座りて欅降る連夜を聴きぬテレ
マンの笛

吹奏は低音から始め登りゆくオクターヴのさき錆び色の空

暖かい冬願うなどよこしまな朝にけやきのつかむ曇天

椅子の上で

スキー帽とればふわりとそよぎだす髪に手をやる山頂のカフェ

高速のリフト乗車のいとまなさ迷いもろとも空に漕ぎ出す

白壁の家と坂道　年取ったわたしが普段着で歩くマドリード

弾き終えてほぐれし人の手に持てる白き楽譜《スコアー》わずかに縒れる

なまぬるく春めく夜の窓外にシャガールの月をわがかいま見る

椅子の上であぐらをかけば少しだけ窓の欅が光を帯びる

自転車は追い風に乗る春の宵ほの白く咲く梅
を眼下に

夢を見ず夜は右向きに眠らなん庭にこぶしの
春のひそけさ

こぼれ咲くすももの白き窓の辺に人事希望の
カード記入す

一本の傘しか持たぬわれらゆえ添いゆく銀の
縦縞の夜を

ブルックナー聴いてはおらず目を閉じてわが
新しき歌を待ちいる

ふつふつと泉のように湧き出でて言葉は読め
ぬままにあふれる

午前零時デッキの揺れに仰ぎみる曇天は暗く
ペガサスおおう

絡ませし記憶持つ指おさな児とつなぎ銀杏の
芽吹きを仰ぐ

春の夜あお葉を濡らし降る雨をうなじやさし
く聞く時のある

今誰かささやき行きぬうす紅の花びら纏いミ
ズキの立てり

新緑が光に揺れて眩しい　ヴァイオリンがどこかでこわれる

透かし編みのサマーセーター着る五月軟らかき胸に風を潜らせ

海色の未来

一束のラヴェンダー旅行鞄よりこぼれ遙かな野はけぶりたつ

燃えたてる若さしずかにおとろえてシクラメン咲く季巡り来ぬ

ミルク色の薄紙ゆるやかに流れゆく街にコートを羽織る片恋

かの夜のわれら黙して見上げたる空に白鳥の動かぬ飛翔

編みゆくは待つ手のあそびアルパカの生成りのベージュ光沢やわし

眠らせてあげようそっと図書館にショパンとサンドの本を閉じたり

会うことはあるいは別れ夕闇の迫りて黒きイヤリングする

人の飲む水にはあらずベンジャミンはぐくむ部屋の白きポットは

夜の舗道ブルーグレーにかがやきて月の光のひとしきり降る

メイストームいくたび去りしこの夕べ木々は緑を磨かれて立つ

霞草を添えし大束のカーネーション三日後に来る母の日のため

海色の未来の見ゆる夜の卓に貝とオリーヴのサラダの一皿

はつ夏の阿佐谷鈍き空からのひかりを浴びてドーナツを買う

不協和音鳴らしたるのち緩やかに祖国への思い歌うバルトーク

トパアズの微風

旅立つと言うとき人は南から吹くトパアズの
微風にそよぐ

メルボルン指して一人に行く人の耳にくっき
りと翡翠のかざり

サザンクロスのことも語りぬ銀色の機体眺む
る午後のソファに

アカシアの花の一枝がサングラスよぎり真夏
のカーヴ濃紺

女達よアルトで語れしろがねの葡萄みずみず
と熟れてゆく午後

あなたには小花模様　私にはペイズリー　ス
ピノザには紺

フィレ肉を食べるガラスの窓の外亀がおのれ
の時を歩めり

堅固なる表紙に守る本のなか科学されいるは
るか銀河よ

どこまでも北天越えぬ白鳥の飛翔あるいは落
下のかたち

めくりゆくページに回転加速せる宇宙に霙の
ごとき流星

われにも羽の衣を

夏の日に響かす音色いかなるや凪ぎてきらめ
く琵琶のみずうみ

プロローグ静かにわれの前にある今朝みずう
みの青きさざなみ

みずうみに旱の空のゆらゆらと幾たび沈み底
いの知れず

起き抜けの散歩にひかり眩しめるわが顔営業
前に候

武士達が槍もて一気に登りたる斜面にあおき
野みつば匂う

日盛りのリフト乗場に一人ずつ両足揃え未知
つかまえる

打てば響く鶯の住むこの山よわが誉め声に応
うホーホケキョ

いにしえの戦いの山を登り行く道の細きに葛
の花咲く

みずの上に弦かき鳴らす音をきくわれにも羽
の衣をたまえ

手を合わすことなきわれの巡り来し湖北は他
力念仏のくに

花束

吹き抜けの空より秋を受信せり外堀通りの陸
橋のうえ

いっせいに光の窓に首を向くポトスはあわき
葉裏を見せて

畳屋の硝子戸ひらき鶸色の秋こぼれ出す朝の
鋪道に

なぜかくもうわのそらなる日曜日麦色の椅子
に掛けて礼拝

木の椅子に少し居眠り会堂にひかりの白く差しくる午前

コーヒーを飲む私が木洩れ日の硝子にうつる町はギャラリー

魂よ内へ内へと降りて行け「ロマンティック」の旋律に沿い

愛を語る言葉ひたすら五線譜に記し自閉のひと世なりしか

鍛錬というも晴れやかお辞儀するフルート奏者の金髪若く

花束は誰のものなる指揮台に置きて去りゆく老マエストロ

内深き陰影たどるブルックナー聴きて廃墟の地上に出でぬ

聴き終えし音色ふつふつ溢れ出す身をこらえゆくビルの谷間を

ゴッホは帰る

真直ぐに秋の空へとオベリスク築きいつの日
滅ぶトウキョウ

こつこつと靴鳴らしゆく戦犯の縊られしここ
サンシャインビル

黄の薔薇を束で求める短日の夕暮れ温きはは
の誕生日

狂気へのわがあこがれを否まざる向日葵かか
えゴッホは帰る

いかなる任ふくみて登るとりあえず靖国神社
の銀杏をめざし

黄に染まる銀杏の大樹立つ坂の上うらうらと
ひかりは疼く

人のいない風景が好きチシャ猫のように日向
のベンチにすわる

冬の雷去りやらぬ夜に飼いなれしガラスの鳩
を窓より飛ばす

幾重にも花びら固きミステリー『薔薇の名前』
の序章をはがす

夜のシドニー

いかに寂しき人住む彼方ニッポンよ荒城の月
を胡弓は奏ず

楽器入れに銀貨置きゆく誰彼に微笑みており
媚びるにあらず

憶うべき故郷持つにはあらざれど夜のシド
ニーにわが在処なし

眠る前のグラスなめらかに満たしおりこの大
陸の白きワインは

モーニングコール即ち旅立ちを告げる朝なり
ジーンズをはく

川沿いに朝市は立ち賑わいの一人となりてわ
れもやり合う

ゆりの根を見ていてついに買わざりき市の彼
方にアルプス白し

祈るごとく雪に耐えけん合掌の屋根うち暗き
旧西岡家

軋みつつ板の廊下のほのぐらし春の素足に冷
たく渡る

まがたまに抜きたる飯を昼餉とす飛驒高山の
祭りの町に

杉の木の深々と囲む神社奥屋台きらびやかに
守られてある

草色のりんかく

一生《ひとよ》君を思うと言えるブラームスのソナタ悲
しきまでにゆたけし

もぎたてのレモンのような君達とわが呼びか
けにさやさやと笑む

花びらの敷くトラックを脛長き少女の蹴りて
ハードルを越ゆ

革の匂い春夜の部屋を満たしおりキャリア
バッグの堅きくり色

いつの間に花びらひらきしずまれるミズキの
白き朝の通い路

崩れたる私ゆっくりと建て直す窓のうち淡き
スイトピー咲く

幸せでなければスマイルと三月の教室に来る
君アメリカン

風はやききさらぎ弥生こらえ来て桜つぼみの
くれないまろし

試験監督しているわれの似顔絵を描きて少女
の余白のさやぐ

あっさりと言うさようなら強すぎる南の風に
髪をたばねて

巣立つ子らをわが見送らず一束のチューリッ
プ固き机に戻る

雨ほそく空のくぐもる下に咲きたわたわとせ
り山ざくら花

たそがれてけやきの枝が草色のりんかくつく
る街に入りゆく

ひずみなき朝

アクセルを踏み込みてゆく山道にガラスをお
そう五月のみぞれ

窓枠の向こうに雪の八ヶ岳見えてひずみのな
き朝が来る

冬枯れの山の裾よりパステルのグリーンは淡
く濃くたちのぼる

私のみ知るわたくしが草の野に立ち上がりざ
ま摘むへびいちご

森林のあおあおとせるしたたりを浴びて五月
の体のしなう

魚のように自転車漕ぎて少年の縞シャツ土曜
の午後を過ぎ行く

自立せんと思う朝なり柿の葉の若きみどりの
ゆたけく茂る

住み慣れてなお住み難き家うちに枕を抱えミ
ステリー読む

屋根たかき家に住まえば星の声欅のさやぎ降
りてやまずも

しっかりと決めてはならぬ未来への設計図引
く青きエンピツ

笛吹きのケトルも買わな独立の願いは春のけ
やきのごとき

家持たば持てる悲しみつる薔薇のピンクに咲きて塀にからまる

週日のポロシャツ幾色窓の辺に干してやさしき私に帰る

花柄の服も脱け殻夜の部屋にさなぎのように眠る束の間

愛するに時あり止めるに時ありとソロモン愛に縛られざるや

白球を打つ単純の技ひとつ研がれんと行く新樹の夜を

ガラスのえのぐ

花びらとなりて寄せくる唇をおそれつつゆく初夏の地下道

夕暮れをただぼんやりと過すためエスケイプするどくだみ踏みて

ものつくるさびしさガラスの粉えのぐ青く透明なるを選びぬ

色あおきガラスえのぐを銅板の丸みに埋める水無月暑し

少年に檄飛ばしおればざんざんと青葉を打てる六月の雨

雨に履く赤きパンプス新しきまま水無月の玄関にあり

うす青きリラも過ぎたる水無月のわれを立たせて黒き庭土

降りやまぬ町に出でゆく誰がためにあらぬ木綿の花柄のわれ

透明なデュフィの海よ白き帆よ壁つつぬけに潮風の来る

ラヴェンダー二束持ちて父帰るむらさき煙るしののめを発ち

甘酸ゆく熟れしすもも匂いたつ木叢を夕べ通り抜けたり

信号を待たずに渡る交差点ワンピースのなかの体をひねる

天よりの紺

震音のかすかに変り列車いま瑞穂の国のみずわたりゆく

夕餉とる席より見えて青空のようやく朱の雲を飛ばせり

夜の木の葉は裏返るざわざわと山よりの風天よりの紺

降りしきる星を仰げば語りくる神ありし世のはろばろ恋おし

若きゆえ疲れしと言い笑いあう茉莉花茶飲むソファのうえに

月見草詠みたる色紙墨の字のしるくかざらぬ人つきみそう

狂気など語れば夏の午後ふけて向日葵の黄のほの明るめり

カンナ色の野の恋おしかりとつとつと短き夏を言う会津びと

少年の悲話それとなく避けている午後近付かぬ鶴ケ城など

デフォルメ

陶芸のわざの極みのあえかなる泡より生れぬ
皿の人魚は

憂鬱な壁エメラルドはたオリーヴ　妻座らせ
て描くモジリアニ

苦しみのごとく喜びのごとくにもジャンヌ描
きぬ首傾げさせ

額縁も絵の一部として塗られたる奥にルオー
の「呪われた王」

籠の中デフォルメされて金網につかまってい
るピカソの小鳥

枯草をふかぶかと敷く林檎園にむすめ描きて
やさしきピサロ

ユトリロの真白き壁よ見定めて見定めてなお
さびしき秋の

精神が顔となりたる苦しみを解かれ楽聖のデ
スマスクあり

お茶を飲んだらもう一度行く美術館それだけ
の旅それほどの旅

白桃のジャムのトーストさくさくと喋らず食べる朝の倉敷

海のむこうに

一カラット咽喉のあたりに輝きてなにかみだらな鏡の向こう

お手軽にダイヤいかがとポニーテールの私捕らえる朱夏の午後なり

渋滞をゆくバスを抜き定速に歩きつつ人ら傘下げている

バーナード・リーチの皿の鶴一羽水平にゆく陶のしずけさ

セロリィの葉を香らせて肉を焼くひと四十代をゆるやかに棲む

ひと夏の借り家の庭に水を撒き月出ずるまでを籐椅子に寄る

朝夕にフィリップ・マーロウ連れて乗る通勤電車の黄色の扉

透かし百合白き一束抱えたる娘となりて立つ家の門

クジャク草薄むらさきの羽かろく飛び立たんとす陶の壺より

ぷっつりと切れてうつ伏す午後五時の奈落の底のしずかな眠り

黎明は赤むらさきに窓を染む海の向こうに火山燃ゆると

掃き寄せるさくらの落葉うらがえり裏返りつつ乾くくれない

午後二時の枯葉踏みゆく早足のわたしに声を上ぐるレグホン

魚一尾買いて漕ぎ出す自転車のゆくてそうそうと満月照らす

ゴールデンデリシャス持ちて父の来る夜の階段に星座はひくし

チェロの音

賛美歌にチェロの音張りて鳴り出でる冬空うつす磨り窓の下

溢れ出す涙は止めずチェロの音の至福こはくの木の香のごとし

賛美歌に添いつつチェロののびやかに誰をか頌むる誰をか癒す

技極め技忘れたるやわらかき笑顔に語るバッハのことを

いやさる何をか問わず温かく溢るるままにチェロのバッハに

草色のセーター冬の木の椅子にふんわりといて聴くサンサーンス

「白鳥」のするする滑る水の上行きつつ軽きわたくしとなる

Ⅱ

卓にガーベラ

円覚寺登る石段うすねずにまだつながない指
あそばせる

臘梅の匂いてほのかに明るめる庭に来しより
しばらく寡黙

君がふと冷たくないかと取りてより絡ませや
すき指と指なり

冬の夜の腕《かいな》に寄りて聞きている小樽の海の
藍の静かさ

受話器よりかすかに聞きぬウイスキーグラス
に氷揺れあう音を

春の朝の花あらし来よ母の見し桜の婚の夢む
すばれよ

雪の日のセロファンの中に花びらのさやぎや
まざるチューリップを抱く

咲きそろう白百合の束受けながらはにかむ眼
をくれるフィアンセ

夕光のなかにぽつんと腰掛けてあなたの写真立てにおさまる

冬の素足かまわぬ人と昇り行くエレベーターの硝子のみどり

捨つるもの積み上げられしベランダの光に八重のアネモネの咲く

駆け上るエスカレーター君が待つ玻璃の向うの卓にガーベラ

二人乗りの自転車の翔ぶ夜の闇にほのかに浮きて沈丁花咲く

婚の日の白きブラウス吊る部屋の硝子を打ちて春の雨降る

トレンチコート着せやりながら背を抱く桜前線はるけき夜に

ドアチャイム深夜に鳴りて春蘭を抱えし君がゆらゆらと立つ

夢のつづきに

カサブランカ重たきブーケ腕に抱き控えの部
屋の椅子立ち上がる

大理石踏みたる素足ひんやりとわずかに戻る
野生感覚

迷わずに誓うわたしの純白のベールにつづく
バージンロード

君の手も汗ばみている壇上の指輪交換がんば
るしかない

真紅のカクテルドレスやられるかやってみせ
るか背筋を伸ばす

悪妻とならねばならぬイヤリングきらきらし
き耳傾けて聞く

雪のように花びらの降る夕暮れを寄り添い帰
る七日の夫と

降りしきる薄くれないの花びらにまみれる君
とわれのりんかく

濃く淡くくれない満つる木の下を君と歩みぬ
夢のつづきに

樫のような腕に眠る紺青の夜を止まざりき春の嵐は

ブラウスのリボンを直す足裏より落ちゆく朝のエレベーターに

高層のアパートを背に歩き出す春の未明のゆりの木通り

光ざわめく

ゆりの木の花ほの白く夕闇に浮きいて指の届かぬ高さ

キャリアバッグ網棚に載せ読み始む夕べはるけく飛ぶしろばんば

青葉寒波おそえる夜の舗道来て地酒買おうと君が言うなり

あじさいの緑に染まる石段の上りにかかりひかりざわめく

無人駅降りしかたえに丈たかきスイトピー絞れるばかり紅

ナポリの黄色

はつ夏の空をうつせる水のうえ降るよ木の音のごときカッコウ

ワタスゲの白くけぶれる湿原の水無月しずかに満ち足りている

白樺の葉よりこぼれる夏の日のナポリの黄色まだやわらかし

うぐいすの恋高らかに湿原を徹りて人の恋などははや

やり直しと簡潔に言う教室の窓に銀杏の青葉の寄せる

べにうすき牡丹百重に咲き初むるひと枝を切りて母が持たせぬ

サティに乗って

くちなしを胸ポケットにさして来る君は背広を雨にしとらせ

わがためのライムのケーキうす青き小箱に提げて地下鉄に乗る

夏休暇まずは眠らんベランダにもうかわいている昨夜の濯ぎ物

サティに乗ってとぎれとぎれに来ることば……水の教会風の教会……

夕方にあなたと会うとまだ思う暮らしはじめし春そして朱夏

明日出来ることはやらない取敢えず爪に珊瑚の色のマニキュア

空への符牒

到着のロビーの硝子いっぱいにコバルトの空棕梠のゆらめき

午後二時の旱の長き舗装路を濡らせる蒼き水のまぼろし

アガパンサスうす紫に咲きそろう垣沿いにゆく島の夏なり

夜の芝生踏みて見上げる椰子の葉のみどり鋭きカッターのあと

凝視する目をゆっくりと外したり水べに淡きとんぼの飛翔

睡蓮の淡黄やがて点景となるまでほそく池は続けり

死があまき眠りと思う睡蓮の黄の花ひらく水のしずけさ

玉砂利を踏む昼どきの蟬時雨はげしく松の道くらくする

白萩の花をさやさや渡り来し風のつめたく透くしんきろう

門のような鉄柱くぐり高速に走る夏空と海のあわいを

管弦楽組曲聞こえてくるような銀の柱の下駆け抜ける

ハイビスカスの大輪開くパーキングエリア与島に過す半時

土色のモニュメント空への符牒とす高松空港のイサムノグチは

いつもさびしき水浅葱色芸を追い芸に死にたる人と聞くとき

水の時間

目に見えぬ微笑み君がほほえみて海は日暮れのインディゴブルー

育ちたる町を帆船のごとくゆく君とアカシアの樹下に泊る

少年の君が伏せたるまなざしのかげりのごとき昼顔の路地

木の壁の古びしカトリック教会の庭いっせいにダリアの真紅

山葡萄の実りて君が思い出すぶどうの汁に染まる手と樽

磨かれし硝子の千の花開く部屋に何をかおそれておりぬ

モザイクの花閉じ込めし硝子玉千つややかに時間は凍る

青珊瑚みどりの珊瑚封じたるガラスの玉の細緻ヴェネツィア

ガラスの魚珊瑚海草のミニチュアが水の時間の波間にあそぶ

こうこうと漁火ともる球体の海の呼吸にあわせて眠る

セロファンのなか

ななかまど熟せる赤き実のあまた磨きて風はゆるやかに過ぐ

コスモスを束ねし花舗のセロファンのなか薄色の秋めぐりいる

トルコ桔梗荷かごに揺れて自転車は下り始める薄暮の坂を

白鳥のレダのブロンズいつよりか水なき秋の公園に棲む

円形に緑なだれる中心に常盤まんさくの幹太くあり

まんさくの緑をくぐりたちまちに囲われる木の領域杳し

この幹の表情は鬱とだしぬけに言う人とゆく秋の樹林を

遙かなるターニングポイント黄葉のゆりの木二本空に抜き出る

ソロのフィナーレ

向こうから来る人のあり凪はやき霜月の夜の素足にサンダル

決別にあらず密かにやり直そうわが可哀相なショパンよピアノ

しばらくは人形のように座りいる展覧会場の
樫の木の椅子

少しだけ食べる贅沢冬の卓にオレンジの皮の
チョコレートがけ

冬の空晴れてあなたとまだ会わぬ去年《こぞ》の私の
ソロのフィナーレ

短日の夕暮れくろき木々の間を独りで帰るわ
れらの部屋へ

夜の舗道にステップを踏み踊り出す酔っ払い
君のかいな摑んで

あなたとの暮らしあるいはうつし世の幻夕べ
の山茶花に寄る

森のごとき廊下

積もりたる新雪すくい君が食う運河を照らす
ライトのなかに

雪の道ながく歩みてガラス並ぶ棚より選ぶみ
どりの花器を

小樽運河縁どる倉庫ペンティングナイフひか
らせ描きてみんか

ヴェネツィアの椅子に靠れる昼のとき向ける
カメラに微かに笑う

アル・デンテ……芯を残した茹で加減と読み
し眼を冬海にやる

降る雪にまみれ堤防をよじ登るかの日の少年
の腕を借りて

見のかぎりうねる翡翠の海のうえ舞い落ちる
雪沸き上がる雪

泡つめたき海より来しや蟹の足切られて肉の
筋のましろき

窓の下豊平川の流れゆくつごもり葡萄の乳房
も眠れ

起さないで下さいと横文字を掛け置く森のご
とき廊下に

恵庭岳夕焼けて黒き飛行場に幾たび預くいの
ちのことは

月の光

鴇色の蕾をつつむセロファンごとバスに揺れゆく病院までを

病む人のそばにヒヤシンスの茎をさす硝子の瓶の水透きとおる

言葉選び言葉失う病む人と見ている茎のしろきヒヤシンス

トランペット誰か吹きいる公園のゆりの木のさき満月のぼる

月の光浴びつつ前傾きっぱりと黙して走るウインドブレーカー

満月の夜の私はアナーキーに広場への階段自転車で下る

よみがえる鍵の感覚放課後の教室にエチュードだけの二時間

フランスのバッグのブルー春冷やき硝子の奥にかちりとひかる

雪柳チューリップ束ね会いにゆくキラー通りを疾風に乗りて

右肩にかばん左肩に紙袋の夫が従者のような
原宿

夕暮れの乗換え駅の地下道に翔びそうなポ
ピー一束を買う

表現のためのエチュード

香をたき野花を壺に投げ入れし廊下にジュリ
エット・グレコ流れる

下駄履きて浜へゆきませ送られる背後を闇が
すっぽりと消す

松原に天女は来しや夕暮れの浜を下駄履きて
われは異邦人

海を見し夜は翡翠のたゆたいに二人もろとも
入らん灯を消す

連翹の咲く日だまりは爆薬のようなイエロゥ
空気ゆらめく

空に近い枝の先からやわらかき緑こまかく欅
萌え初む

辛夷白き並木点描に写生する表現のためのエチュードとして

夏花のワンピースより今欲しいミントのあおく匂う時間を

披露宴のビデオに映るほほえみの淡くかがやき帰らざる人

火のような薔薇を抱えてわたしまで君歩み来る宴のひとこま

目を閉じて聴く雨の歌ブラームスの慰め弦をたかくふるわす

引き揚げ船着きし舞鶴を語るとき父のまなこに緑のさやぐ

夕凪の海を見たくて君とゆく皐月さなえ月まだみごもらぬ

あお瑪瑙胸につるせば透き通る一瞬のあり若狭の日暮れ

原石をぎしぎしと切る苦しみの音たえまなき瑪瑙工房

登美子生家と地図たどる家ひっそりと人住むけはい表札しるく

しら藤のたわたわと咲き薄布のブラウス蝶のごとくにかわく

信仰にあらず鑑賞にもあらず観音立像の前に正座す

はるかなる風に靡かすみ衣のうちたおやかに観音は立つ

女人にはあらねどまぎれもなく女人檜彫られてひらくてのひら

雛芥子の波

完熟の実も薄べにもすずなりに吊るし桜の木のした暗し

葉桜のかげに実りてボルドーの暗きくれない酸ゆきしたたり

聖霊かはた禽獣か鳩の来て自転車の荷籠に首をかしげる

風の自由木々の荘重たそがれの永き水無月自転車に行く

アガパンサスの蕾とがりてゆらゆらと夏の弾けるまでの漂い

北国の遅れし春を告げているテレヴィにあかき雛芥子の波

軽やかに禁忌も語れ赤と朱のポピー四角き画面にゆれる

カフェオーレ器にみたし『魚歌』一巻ひらけば遙かな時そよぎだす

プラスチック容器のなかに一ちぎりのパセリ濡らして蛍を運ぶ

夕闇に高層の街がなずむときドアのなべてに灯がともりたり

あおみたる黄の輪光のやわらかき蛍とすごす夜のいくとき

ふたつながらまろびて光るほたるあり朝顔の葉のしたの暗きに

土くろき新町公園てのひらの空蟬はつつじの根になげてやる

桔梗の風

真夏日の耀う海へ人も車もゆらめきながら坂
降りてゆく

海からの風に帽子を飛ばされし一瞬おのれの
影を失う

ひるがおのさびしき砂丘歌いたる君よ熱海の
坂ハイヒール

はまゆうの花の終りのさらされて海岸通りに
夕風の吹く

挽歌まだ歌い出せない夜の卓にあわびの殻の
かがやきてある

うちあおぎ桔梗の風を分けくれる人と互みに
語るシャンソン

長く長くエスカレーター乗り継げる山腹に青
き竹濡れており

金銀の菱形えがく一対の茶碗並びぬ江戸世の
モダン

まどろみのような音楽ひびきくる睡蓮の咲く
池のおもてを

生と死の境界わかちがたきまで睡蓮描くモネ
の一途に

ブロンズの王と王妃が腰かけて見ている海と
空のさかいを

戦いの世の馬立ちて剝き出しの大きまなこが
宙を凝視す

風のシュプール

くれないのコスモス暗く咲きそろうあわいつ
めたき風のシュプール

君の手のいとしむ薊の花の環のむらさき私の
知らぬわたくし

へびいちご口に含めば蜜と毒せめぎてあおき
野は匂いたつ

雲はやく流るる下を君と来てコバルトの空つ
つぬけのキス

星空の下を歩みて来たる身につきしひかりのくずをはらえり

草を薙ぐ風はかわきて鐘という鐘鳴り出だす高き原なり

やわらかくしなう草野に腹ばいて牛は透視す雲の生れ処を

人も草も靡かせ雲の流れゆく空近くして石となる牛

平らかな標高二千メートルの土のうえ幾たびを雲の影過ぐ

登り来し牛には塩をくれしとう石の凹みてひかりを溜める

うつくしのつを強く言うぼうぼうの草野拓きし人らの裔は

てのひらにてのひら重ね雲ひくき風の野をゆくスニーカーのアダムと

翔びたたん願いにニケのひらきたる翼ま白く止められしまま

木のフック丸くつやけき帽子掛けありてみどりの夏時間逝く

秋の雨に濡れしけやきの黄に染まる葉先がわずか天に触れいる

祖国つねに哀しき叙事詩シベリウス聴きて入り行く欅の木下

けやき落葉敷く公園に子らのいるガラスの向こう蜜色に透く

少年

せき上げるおのれ制さんと背けたる少年の肩がふいにふるえる

あふれ出す言葉閉じ込め青白き頬うつむける十四歳なり

ジャケットの赤きチェックに包まれてこころひもじく若き獣は

少年の慟哭満ちて海色のクリスタルグラスの立てるあやうさ

砂子屋書房 刊行書籍一覧（歌集・歌書） 平成28年5月現在

＊御入用の書籍がございましたら、直接弊社あてにお申し込みください。
代金後払い、送料当社負担にて発送いたします。

	著者名	書名	本体
1	阿木津　英	『阿木津　英 歌集』現代短歌文庫5	1,500
2	阿木津　英 歌集	『黄　鳥』	3,000
3	秋山佐和子	『秋山佐和子歌集』現代短歌文庫49	1,500
4	秋山佐和子歌集	『星　辰』	3,000
5	雨宮雅子	『雨宮雅子歌集』現代短歌文庫12	1,600
6	有沢　螢 歌集	『ありすの杜へ』	3,000
7	有沢　螢	『有沢　螢 歌集』現代短歌文庫123	1,800
8	池田はるみ	『池田はるみ歌集』現代短歌文庫115	1,800
9	池本一郎	『池本一郎歌集』現代短歌文庫83	1,800
10	池本一郎歌集	『萱鳴り』	3,000
11	石田比呂志	『続 石田比呂志歌集』現代短歌文庫71	2,000
12	石田比呂志歌集	『邯鄲線』	3,000
13	伊藤一彦	『伊藤一彦歌集』現代短歌文庫6	1,500
14	伊藤一彦	『続 伊藤一彦歌集』現代短歌文庫36	2,000
15	伊藤一彦歌集	『土と人と星』＊毎日芸術賞・現代短歌大賞	3,000
16	今井恵子	『今井恵子歌集』現代短歌文庫67	1,800
17	上野久雄	『上野久雄歌集』現代短歌文庫45	1,500
18	上村典子	『上村典子歌集』現代短歌文庫98	1,700
19	魚村晋太郎歌集	『花　柄』	3,000
20	江戸　雪 歌集	『駒　鳥（ロビン）』	3,000
21	王　紅花	『王　紅花歌集』現代短歌文庫117	1,500
22	大下一真歌集	『月　食』＊若山牧水賞	3,000
23	大辻隆弘	『大辻隆弘歌集』現代短歌文庫48	1,500
24	大辻隆弘歌集	『汀暮抄』	2,800
25	大野道夫	『大野道夫歌集』現代短歌文庫114	1,600
26	岡井　隆	『岡井　隆 歌集』現代短歌文庫18	1,456
27	岡井　隆 歌集	『馴鹿時代今か来向かふ』（普及版）＊読売文学賞	3,000
28	岡井　隆 歌集	『銀色の馬の鬣』	3,000
29	岡井　隆 著	『新輯 けさのことば Ⅰ・Ⅱ・Ⅲ・Ⅳ・Ⅶ』	各3,500
30	岡井　隆 著	『新輯 けさのことば Ⅴ』	2,000
31	岡井　隆 著	『今から読む斎藤茂吉』	2,700
32	沖　ななも	『沖ななも歌集』現代短歌文庫34	1,500
33	奥村晃作	『奥村晃作歌集』現代短歌文庫54	1,600
34	小黒世茂	『小黒世茂歌集』現代短歌文庫106	1,600
35	尾崎左永子	『尾崎左永子歌集』現代短歌文庫60	1,600
36	尾崎左永子	『続 尾崎左永子歌集』現代短歌文庫61	2,000
37	尾崎左永子歌集	『椿くれなゐ』	3,000
38	尾崎まゆみ歌集	『奇麗な指』	2,500
39	笠原芳光 著	『増補改訂 塚本邦雄論 逆信仰の歌』	2,500
40	柏原千恵子歌集	『彼　方』	3,000

	著 者 名	書 名	本 体
41	梶原さい子歌集	『リアス／椿』＊葛原妙子賞	2,300
42	春日いづみ	『春日いづみ歌集』現代短歌文庫118	1,500
43	春日真木子	『春日真木子歌集』現代短歌文庫23	1,500
44	春日井 建 歌集	『井 泉』	3,000
45	春日井 建	『春日井 建 歌集』現代短歌文庫55	1,600
46	加藤治郎	『加藤治郎歌集』現代短歌文庫52	1,600
47	加藤治郎歌集	『しんきろう』	3,000
48	雁部貞夫	『雁部貞夫歌集』現代短歌文庫108	2,000
49	河野裕子	『河野裕子歌集』現代短歌文庫10	1,700
50	河野裕子	『続 河野裕子歌集』現代短歌文庫70	1,700
51	河野裕子	『続々 河野裕子歌集』現代短歌文庫113	1,500
52	菊池 裕 歌集	『ユリイカ』	2,500
53	来嶋靖生	『来嶋靖生歌集』現代短歌文庫41	1,800
54	北沢郁子	『北沢郁子歌集』現代短歌文庫37	2,000
55	紀野 恵 歌集	『午後の音楽』	3,000
56	木村雅子	『木村雅子歌集』現代短歌文庫111	1,800
57	久我田鶴子	『久我田鶴子歌集』現代短歌文庫64	1,500
58	久我田鶴子歌集	『菜種梅雨』	3,000
59	久々湊盈子歌集	『あらばしり』＊河野愛子賞	3,000
60	久々湊盈子	『久々湊盈子歌集』現代短歌文庫26	1,500
61	久々湊盈子	『続 久々湊盈子歌集』現代短歌文庫87	1,700
62	久々湊盈子歌集	『風羅集』	3,000
63	久々湊盈子 著	『歌の架橋 インタビュー集』	3,500
64	久々湊盈子 著	『歌の架橋 II』	3,000
65	葛原妙子	『葛原妙子全歌集』	9,500
66	栗木京子	『栗木京子歌集』現代短歌文庫38	1,800
67	桑原正紀	『桑原正紀歌集』現代短歌文庫93	1,700
68	小池 光	『小池 光 歌集』現代短歌文庫7	1,500
69	小池 光	『続 小池 光 歌集』現代短歌文庫35	2,000
70	小池 光	『続々 小池 光 歌集』現代短歌文庫65	2,000
71	河野美砂子歌集	『ゼクエンツ』＊葛原妙子賞	2,500
72	小島ゆかり歌集	『さくら』	2,800
73	小島ゆかり	『小島ゆかり歌集』現代短歌文庫110	1,600
74	小高 賢	『小高 賢 歌集』現代短歌文庫20	1,456
75	小高 賢 歌集	『秋の茱萸坂』＊寺山修司短歌賞	3,000
76	小中英之	『小中英之歌集』現代短歌文庫56	2,500
77	小中英之	『小中英之全歌集』	10,000
78	小林幸子歌集	『場所の記憶』＊葛原妙子賞	3,000
79	小林幸子	『小林幸子歌集』現代短歌文庫84	1,800
80	小見山 輝	『小見山 輝 歌集』現代短歌文庫120	1,500
81	今野寿美	『今野寿美歌集』現代短歌文庫40	1,700
82	今野寿美歌集	『龍 笛』＊葛原妙子賞	2,800
83	今野寿美歌集	『さくらのゆゑ』	3,000
84	三枝昻之	『三枝昻之歌集』現代短歌文庫4	1,500
85	三枝昻之ほか著	『昭和短歌の再検討』	3,800

	著者名	書名	本体
86	三枝浩樹	『続 三枝浩樹歌集』現代短歌文庫86	1,800
87	佐伯裕子	『佐伯裕子歌集』現代短歌文庫29	1,500
88	坂井修一	『坂井修一歌集』現代短歌文庫59	1,500
89	桜川冴子	『桜川冴子歌集』現代短歌文庫125	1,800
90	佐佐木幸綱	『佐佐木幸綱歌集』現代短歌文庫100	1,600
91	佐佐木幸綱歌集	『ほろほろとろとろ』	3,000
92	佐竹弥生	『佐竹弥生歌集』現代短歌文庫21	1,456
93	佐藤通雅歌集	『強　霜（こはじも）』＊詩歌文学館賞	3,000
94	佐波洋子	『佐波洋子歌集』現代短歌文庫85	1,700
95	志垣澄幸	『志垣澄幸歌集』現代短歌文庫72	2,000
96	篠　弘	『篠　弘 全歌集』＊毎日芸術賞	7,000
97	篠　弘 歌集	『日日炎炎』	3,000
98	島田修三	『島田修三歌集』現代短歌文庫30	1,500
99	島田修三歌集	『帰去来の声』	3,000
100	島田幸典歌集	『駅　程』＊寺山修司短歌賞・日本歌人クラブ賞	3,000
101	田井安曇	『田井安曇歌集』現代短歌文庫43	1,800
102	高野公彦	『高野公彦歌集』現代短歌文庫3	1,500
103	高野公彦歌集	『河骨川』＊毎日芸術賞	3,000
104	田中　槐 歌集	『サンボリ酢ム』	2,500
105	玉井清弘	『玉井清弘歌集』現代短歌文庫19	1,456
106	築地正子	『築地正子全歌集』	7,000
107	時田則雄	『続 時田則雄歌集』現代短歌文庫68	2,000
108	百々登美子	『百々登美子歌集』現代短歌文庫17	1,456
109	百々登美子歌集	『夏の辻』＊葛原妙子賞	3,000
110	外塚　喬	『外塚　喬 歌集』現代短歌文庫39	1,500
111	中川佐和子	『中川佐和子歌集』現代短歌文庫80	1,800
112	長澤ちづ	『長澤ちづ歌集』現代短歌文庫82	1,700
113	永田和宏	『永田和宏歌集』現代短歌文庫9	1,600
114	永田和宏	『続 永田和宏歌集』現代短歌文庫58	2,000
115	永田和宏ほか著	『斎藤茂吉―その迷宮に遊ぶ』	3,800
116	永田和宏歌集	『饗　庭』＊読売文学賞・若山牧水賞	3,000
117	永田和宏歌集	『日　和』＊山本健吉賞	3,000
118	中津昌子歌集	『むかれなかった林檎のために』	3,000
119	なみの亜子歌集	『バード・バード』＊葛原妙子賞	2,800
120	西勝洋一	『西勝洋一歌集』現代短歌文庫50	1,500
121	西村美佐子	『西村美佐子歌集』現代短歌文庫101	1,700
122	二宮冬鳥	『二宮冬鳥全歌集』	12,000
123	花山多佳子	『花山多佳子歌集』現代短歌文庫28	1,500
124	花山多佳子	『続 花山多佳子歌集』現代短歌文庫62	1,500
125	花山多佳子歌集	『木香薔薇』＊斎藤茂吉短歌文学賞	3,000
126	花山多佳子歌集	『胡瓜草』＊小野市詩歌文学賞	3,000
127	花山多佳子 著	『森岡貞香の秀歌』	2,000
128	馬場あき子歌集	『太鼓の空間』	3,000
129	浜名理香	『浜名理香歌集』現代短歌文庫77	1,500
130	浜名理香歌集	『流　流』＊熊日文学賞	2,800

	著者名	書名	本体
131	日高堯子	『日高堯子歌集』現代短歌文庫33	1,500
132	日高堯子歌集	『振りむく人』	3,000
133	福島泰樹歌集	『焼跡ノ歌』	3,000
134	福島泰樹歌集	『空襲ノ歌』	3,000
135	藤井常世	『藤井常世歌集』現代短歌文庫112	1,800
136	藤原龍一郎	『藤原龍一郎歌集』現代短歌文庫27	1,500
137	藤原龍一郎	『続 藤原龍一郎歌集』現代短歌文庫104	1,700
138	古谷智子	『古谷智子歌集』現代短歌文庫73	1,800
139	古谷智子歌集	『立　夏』	3,000
140	前　登志夫歌集	『流　轉』＊現代短歌大賞	3,000
141	前川佐美雄	『前川佐美雄全集』全三巻	各12,000
142	前田康子歌集	『黄あやめの頃』	3,000
143	蒔田さくら子歌集	『標のゆりの樹』＊現代短歌大賞	2,800
144	松平修文	『松平修文歌集』現代短歌文庫95	1,600
145	松平盟子	『松平盟子歌集』現代短歌文庫47	2,000
146	松平盟子歌集	『天の砂』	3,000
147	水原紫苑歌集	『光儀（すがた）』	3,000
148	道浦母都子	『道浦母都子歌集』現代短歌文庫24	1,500
149	道浦母都子歌集	『はやぶさ』	3,000
150	三井　修	『三井　修 歌集』現代短歌文庫42	1,700
151	三井　修	『続 三井　修 歌集』現代短歌文庫116	1,500
152	森岡貞香歌集	『帯　紅（くれなゐ帯びたり）』	3,000
153	森岡貞香	『森岡貞香歌集』現代短歌文庫124	2,000
154	森山晴美	『森山晴美歌集』現代短歌文庫44	1,600
155	柳　宣宏歌集	『施無畏（せむい）』＊芸術選奨文部科学大臣賞	3,000
156	山下　泉 歌集	『海の額と夜の頬』	2,800
157	山田富士郎	『山田富士郎歌集』現代短歌文庫57	1,600
158	山中智恵子	『山中智恵子歌集』現代短歌文庫25	1,500
159	山中智恵子	『山中智恵子全歌集』上下巻	各12,000
160	山中智恵子 著	『椿の岸から』	3,000
161	田村雅之編	『山中智恵子論集成』	5,500
162	山埜井喜美枝	『山埜井喜美枝歌集』現代短歌文庫63	1,500
163	山本かね子	『山本かね子歌集』現代短歌文庫46	1,800
164	吉川宏志歌集	『夜　光』＊ながらみ現代短歌賞	3,000
165	吉川宏志歌集	『海　雨』＊寺山修司短歌賞・山本健吉賞	3,000
166	吉川宏志歌集	『燕　麦』＊前川佐美雄賞	3,000
167	米川千嘉子	『米川千嘉子歌集』現代短歌文庫91	1,500
168	米川千嘉子	『続 米川千嘉子歌集』現代短歌文庫92	1,800

＊価格は税抜表示です。別途消費税がかかります。

砂子屋書房
〒101-0047 東京都千代田区内神田3-4-7
電話 03(3256)4708 FAX 03(3256)4707 振替 00130-2-97631
http://www.sunagoya.com

不意にあふれる熱き涙をとつとつと語る初冬
の白き窓べに

君が肩の高さを言えば微笑めり十四歳を揺れ
つつ過ぎん

ははそはの母のエレジィ閉じられて少年は眠
る白鳥寮に

降る紅葉敷ける紅葉のあわいより肩やわらか
く少年は来る

校庭に枯れ葉を掃きて少年の一人がひくく歌
うハレルヤ

落葉掃く少年の目がわれに向き微笑みて言う
サムソウナカオダヨ

君よはじめてのように

朱の花弁ほむらをなせる百合抱え訪ねんはは
の古稀の日なれば

緋の色の花びらほそく燃え上がるグロリオサ
母に選ぶ百合なり

空白の時間にぽかりと浮遊するレグホン色の
天球ありて

甦るオムニバスいつも情熱の車輪もどかしく
ゆく御茶ノ水

ロゼワインなみなみと注ぐガラス越しの海の
かなたに月のきざしあり

坂の上に冬のけやきは立ちならび風と交歓す
トーンを高く

枯色の芝に時計のポール高し君よはじめての
ように語ろう

短調にうたいて歩くさらさらの砂浜つづくあ
おき城が島

薄氷とけゆきし昼束ねたる黒きチューリップ
抱えて歩く

ピータン入り粥盛りて祝ぐ円卓のかなたに冬
の月満ちおらん

機を織る鶴にあらねど襖閉ざしあなたも来て
はならぬ夜の部屋

冬の扇屋

逃れしはトウキョウ時計の鳴らぬ朝を白妙の
雪がすっぽり包む

夕暮れのガラスの卓に渦ゆるき薔薇ありて老
婆が茶を運びくる

巡り会うわが死語たちよ開きたる薔薇マジョ
ルカの瓶に総立ちて

気紛れのお客きまぐれと決めているあるじの
おりて冬の扇屋

閉じられて扇はねむる冬の日の間口掃かれし
奥なる闇に

ガラスケースの内にきっちり収めたる冬の扇
のみやび値の張る

金銀のえのぐ塗られし飾り扇ひらけば桜はゆ
らゆらと咲く

あるじ小さく茶器も小さき汁粉屋に入りたり
外は雪の二年坂

さくさくと朝の雪ふむ疎水べり鳥の足跡の絶
えてあかるし

冬の水せせらぎやまぬ川底に閉じたる貝のわがむかしあり

きさらぎの白川通りバスを待つ視界のかなた氷りはじめる

吹きさらしの廻廊に歌うカンタータの声かそけくて霙降り出す

あとがき

短歌を始めて七年が過ぎた。

それまで小説の真似ごとをしてみたり、詩を書きなぐったりの時間がかなりあった。歌人としての母を見ていたから、短歌の世界に足をつっこむことは何かとても恐ろしいことに思えた。

一九八七年の冬、私はまだほんの少女の気分でいた。人生は不安と驚きに満ち、自己への愛と、他者への愛の相剋で息苦しかった。

そしてある日、私は歌を書きはじめた。

今にして思えばとても重大な決定だったのに、その時の気分としてはごく軽い、あたかも気紛れのような入り方を、その瞬間はとっている。

『テレマンの笛』は一九八八年に「長風」に入会してから、一九九四年二月までの作品四〇三首をほぼ年代順に編む私の第一歌集である。歌集の題名は、

　はばたけぬわたし座りて欅降る連夜を聴きぬ
　テレマンの笛

による。バロックの作曲家テレマンの、素朴で清澄な木管の響きに身を浸すことは、まるで治療のように魂を甦らせてくれる。その作用のなかに芸術の本質を感じないではいられない。

泉のように魂を安らぎに導く歌。それはいつか私のたどりつきたい場所だ。

この集を編むにあたり、小池光様にはお忙しい中、跋文をお引き受け下さいました。感謝に堪えません。母杉本清子は、選のため緊張の徹った時間を費やしてくれました。黒崎由起子様には校正の労を取っていただきました。感謝申し上げます。また、出版のすべてにご配慮いただきました砂子屋書房主

田村雅之様に厚くお礼申し上げます。

一九九五年二月

角倉羊子

『ヴェネチアの海』（抄）

楡若葉

夢のあとうたいたる碑の文字のうえ楡の若葉
の薄あさぎ降る

木の花のごとく若葉の淡みどり降り来る楡の
大樹のもとは

ポートレートの詩人は何か言いさして遠き目
に見るゆうすげの花

山姥とみずからを言いて山荘に棲みき月見の
窓の下に文机

情死という語のまがまがし浄月庵応接間にふ
とき梁をあおぎぬ

落葉松の芽吹きやわらかく濡れおりて細道の
さきやがて薄墨

雉子香炉

出会うべき碑ありてながく川の辺を歩みぬ夕
の風の吹くころ

夏草の匂いしるけきしばらくを座しおり影の
ちいさき三人

川べりをはろばろと来し碑の文字にあんずは
恋しふるさとの花

ふるさとへの屈曲の情たぎりつつペンの咲か
せる白きあんずよ

ほの暗き室に仁清の雉子のいて尾羽根は金の
ひかりをこぼす

黒と金けんらんの首もたげいる陶にて生ける
雉子よりも雉子

雉子香炉焚かれしことのありやなし羽根のつ
やけく陶冷ゆるなり

老いたる使徒

窓ほそき二階より見ゆひらひらとシャツなび
かせて散歩の父は

夕暮れに呼び鈴鳴りて父母の老いたる使徒の
ごとく入り来る

にがうりの繁り葉揺らし夕風の来る窓の辺に聖書をひらく

暑の残る夕べの六時木の卓に祈る手を組む灯りともさずて

赤えんぴつ青えんぴつの先ふとく線引きてあり父の聖書《バイブル》

仕方なくと言う風でもある金網にじっとしている昼のかまきり

みずのごとくに

旅に立つここちと少し異なりて出でゆく鞄にコップ歯ぶらし

雨上がりの空あかるみて虹の円きざせり心おそるるなかれ

母の声義母と夫の声医師の声たしかなり終えしを告げる安堵に

ガラス窓の向こうの真夏風つよく吹くらし時折揺らぐあおぞら

夕光のかすか琥珀の色混じりみずのごとくに
部屋に入り来ぬ

ジャワ更紗ほむらを描く服まとい老い母は来
る鋭き秋を

曼珠沙華白きがかしぎ咲きおりてあゆみを運
ぶ家の扉へ

草に伏す

冬枯れの丘ひとときを彷徨いて会うブールデ
ルのくろき塊

黒びかるブロンズの四人遠き空見つめおり人
の力信ぜよと

草に伏す裸のからだ心地よく鋳型を出でしブ
ロンズのひと

服纏うこと引き換えに失いしものはろばろと
なつかしき昼

空仰ぐブロンズの人四肢ふとく締まりて地より今立ちあがる

遠くなる空

登るほどつぼみの桜締まりつつ木の間にものの気配のありぬ

ながき息吐くごとくさくら開きゆく時の間ありて遠くなる空

花びらの薄くれないの青みつつ夕のとばりの一重降りくる

見せるべき君なきを嘆く房しろき馬酔木は咲きぬかたき葉の間に

鍵開けて入りゆく部屋に夕暮れの水平線のほのかに浮かぶ

林檎の皮剝きゆくようにカーテンを開きて望む夕の相模灘

柳生街道

茶畑に新芽かがやきしばらくを憩えよ時のかなたより声

丘の裾へ春の茶畑つづきいて柳生街道にほつりと人家

意匠ちがう茶碗ふたつを提げて出るのちしんかんと陶ならぶ店

運慶のその刃さばきの匂いたつ木の像に会う街道を来て

彫りし日の運慶二十歳の血のたぎり納めて月のごとき半眼

幻のごとバスが行き早苗なびく柳生街道棚田のほとり

バンダナを額に

鬱然と木の葉しげりて行く道のさき跨ぎ立つ東京タワー

幼きわれちちははあねとつれだちて東京タワーに来し日秋晴れ

展望台に秋の日かわき健やかなるちちははの足踏みたる床よ

陽炎の道に喫茶店あらわれて飲むも行きがかり氷ざくざくと

バンダナを額に巻きて夏野菜のドライカレー一気に仕上げる

桃青

現実より冷えて静物の林檎ありいびつな机の木の面のうえ

桃青と名乗れる若き俳諧師住みて水面の広き隅田川

落ちてゆく眠りにほのか匂い来る潮に混じれるヴェネチアの薔薇

ざわめきは飛び立つ鳩の羽の音　海の都の広場にひとり

自転車に君帰り来る日の暮れの地平より湧く
乳色の靄

しろがねの霜ふち取れるほうれん草ゆるやか
な丘に脈うちつづく

隠喩するどき

復元の帆船サンタ・マリア号いま銀河より降
り来しごとく

潮の香を運びくる風にうねりあり夕暮れる海
の濃き淡きいろ

傾きて空に刺される街灯はかの日をとどむ波
止場のふちに

向き向きに傾ぐ街灯のいくつあり角度のたも
つ隠喩するどき

天心に刺さりねじれる街灯を止めて猛れるも
のの手の去る

手の祝福

花びらの白さわだちて高原のマーガレット風につよく撓えり

吹く風に翻弄さるるしばらくののち直く立つ野のマーガレット

足首を埋めマーガレットの咲く原を歩み行きたり風の貌して

草の秀のほそくなびける湿原を分かちて一本の道は続けり

曼珠沙華咲きしを言えば遙かなる方を見る目に秋の草ぐさ

駐車場出でゆくわれらに窓高き手の祝福がひらひらと降る

病みたると見えし黄薔薇の枝のさき芽吹き伸びゆく雨後の光に

宮仲橋と文字ありて渡る足の下電車は大円のふちを走れり

李白の衣

雪降りて視野モノトーンの中空に深慮のごとき熟れ柿の色

青靄とう漢語に湿る竹の群れ若き李白の山ふかく住む

詩の行にあたらしき風匂い立ち李白の衣闊達に過ぐ

一閃の光芒ののち静かなり峨眉山のふもとを詩人の去りて

はろばろとわがあこがれる放浪の李白の踏みし若き地球を

ながれゆく時

啄むほど頭を振る番の鳥の目を避けてわがいる硝子戸の内

啄める林檎の肉のたっぷりとありてひそけくながれゆく時

ひよどりが猛りて目白を追い払う餌台に神の林檎のひとつ

ひびきつつ過ぎたる風の一生にて白木蓮が通い路に咲く

若書きの言葉似合わず辛夷ひらく窓辺に先師の処女歌集閉ず

天を指すするどきつぼみ春の気にゆれつつ辛夷ほぐれゆくなり

旅立ち

通い路の社の森のみどり濃き頃となりたり父に会いにゆく

暑のたける昼にて急ぐ森の道カラスの声の裏返り降る

パパと呼び触れる手のひらのやわらかさ強く握りて病室を出る

転院を告げる言葉を噛むように聞きつつ笑みぬ意識冴ゆるか

薄雲る夏空を背に帰りゆくついの別れと知らざるわれの

夏の夜のわが眠り深きに向う頃父の命のうしお引きゆく

夏衣着したましいのごとく在る母を後ろに車をとばす

旅立ちし人の脱ぎたる体にてしずけき額のはや触れがたし

眠る時も嵌めしままなる腕時計われの外すを母が受け取る

臨終ののちのひそけき朝明けの道を薄茶の猫がよぎれり

ボナールの花の絵

珊瑚礁の浜べにふいに立つごとし炉より輝く骨の出でくる

アイボリーの照りもつ骨のかけら拾う父にて父にあらざるものを

人が地に残せるもののつつましさ骨の真白に
硬くかがやく

抱えたる骨壺おもく温ときを住みたる部屋へ
連れて帰らん

風の波に秋のひかりの混じるみち散歩の父と
出会えるような

ボナールの花の絵壁に掛けあるを褒めつつ父
が珈琲を飲む

川面吹く夏風は死者のなつかしさ大川堤の段
を下りゆく

汐留に汐の香のたつまぼろしに迷路あたらし
き地下の街ゆく

千年の都市

急上昇するプロペラ機の窓に寄り聞き流す伊
語のきらめく礫

湿りもつ窓をぬぐえる指さきに灯のやわらか
き千年の都市

夜の運河ゆく舟に乗りゆらゆらと光纏える
ヴェネチアの中へ

囚人の彼岸此岸をへだてたる橋ならんくぐり
てなお水路ゆく

眠り浅き明けの頃らし水をゆく舟の音低く来
ては遠のく

神の息静けく吹きて冬海と空とのあわい朱色
に裂ける

しののめの薔薇色に染まる対岸の塔と円蓋は
父の描きし

幾たびを夢に降り立ちし広場にて今朝足裏の
冷ゆるよ確と

聖堂の石の床ゆるく波打ちてヴェネチアと言
う巨き帆船

父の来しヴェネチアの時を辿りゆくポケット
に少しの遺骨忍ばせ

パステルを握る指よごし急ぎ描く父屈まりて
初夏のこの水辺

涙より遠くなりつつヴェネチアの海に遺骨の
幾片沈める

光る石のごとく枕辺にキャンディの包みのありぬ部屋ぬくもりて

桜桃

桜桃のつやけく熟るるを並べおり余市を過ぎし街道に沿う

鰊揚げし浜に来て立ち君の見るまぼろしの家わが見ざるもの

飢餓海峡・岩内の大火忘却の波のたゆたう夏の海なり

日本海へ出でゆく船を望む丘に骨となりたる人を連れ来る

にがうりの花があらしに揉まるると見えて窓辺に黄の蝶の寄る

『みずはなだ』（未発表）

羽撃く

放たれし羊のごとき寂しさに振り返る春の日比谷ビル街

九階の硝子窓広く座しおれば風切羽のするどく鳴りぬ

ガラス張るビル庇より一斉に鷗羽撃くあとからあとから

湧きあふれ硝子窓一面に乱舞しつつ鷗は濠のひかりに向かう

しばらくを鷗の乱舞につつまれる硝子窓一重のフィルターのうち

猛禽のふくらむ腹を見せて翔ぶ鷗恐れるヒチコックなれねど

鷗の眼どうぶつの目の黒丸とぶつかり引火するわれの何かが

濠のみず立春のひかりを返しいて行きし鷗のいつしか見えず

葡萄酒の赤

庭に咲く杜鵑草砥部の小壺に挿し卓に置きたり母帰り来る

となり家に母の起居する静けさや折りに扉の古きが軋む

四十雀来しよと交わすそれのみに鳥のひそけき言の葉を聴く

車椅子繰り家うちの起伏越え母あらわれる夕餉の頃なり

庭の梅古りたる黒き枝さきに紅ともる春をも生きよ

残照の命をひと日またひと日かさねし母の今日誕生日

祝いの餐ささやかに並び車椅子の八十三歳卓におさまる

恩寵のいのち生ききることやよしグラスに満たす葡萄酒の赤

鯨のスープ

火のごとき胸毛そよがせ翡翠が冬の木の間に
水面を狙う

人のいのちあるぬくとさよ隣家の心音しかと
聞きつつ眠らん

すこやかな父母とわれの注文する鯨のスープ
夢なれば飲まず

白き布敷く卓のうえ饗されるスープ掬わん昔
を今に

夢の中かなしみに遠く父母と囲むスープの色
あわく澄む

夢とぎれだしぬけに来る日のひかり鳥がよぎ
りて春浅き朝

急速に廻りはじめる時の針梅の蕾がぽんとは
じける

微熱もつごとき二月の地表なり梅の蕾のくれ
ないうるむ

見つけるにあらず見つけられてしまう梅の爆
ぜたる芯の瞳に

おりおりにあおぐ硝子に花びらの辛夷犇めきて午後の暮れゆく

しろき鳥舞い降りたると寄りて見る辛夷木下にひとえ花びら

しで辛夷の花びら満ちる枝という枝をまともに風の打ちゆく

手紙

向日葵の種蒔きおれば家うちより老いたる母の歯を漱ぐ音

もの言わずなりたる母との昼餉どき庭の辛夷は囀り零す

ひたぶるに生きたる命凋れ果てて眠るおもてに青葉影さす

母の息ひそけくありて水無月の日ざしは梅の青葉にこもる

母老いて眠る窓辺に未央柳の黄花は長くひかりをまとう

差出人死したる後に届く手紙九十五歳の文字のととのう

認めし文字の行間すがやかに九十五歳の呼吸を伝う

召されたる人の手紙の綴りいるうつつに入りて時のおぼろや

明瞭の声

ひそやかに時は逝くなり横たわり眠れる母の息のおと聴く

薄紙の一重ひとえとはがれゆきし命の嵩の小さくありぬ

付き添いてとる母の手の温もりをしかと握りおり所在のなくて

呼吸器をすれば落ち着きゆく胸の波立ち毛布一重のしたに

白き毛布の中に眠れる母の身の薄く小さしす
べなく見守る

また来るね声かけて病室を去りしとき予感の
あらず己鈍しよ

魂はあくがれゆけり両の脚すこやかに踏む夢
のつづきに

天よりの風の翼にさらわれぬ病み疲れたる体
を脱ぎて

ははの命絶えて静けき地平より日は昇り苞を
解くアガパンサス

訣別の白き一花を献ぐると進み出る身に遅れ
こころは

黄の色のスーツに黒き帽かむり旅に出でしよ
疾く帰りませ

猛暑の日過ぎて湿れる庭かげに水引草の紅き
穂の見ゆ

覚める朝なれば自ら車椅子に移る習いの終の
日までを

車椅子駆るように来て額を上げあなたにあり
がとうと明瞭の声

傍らにありて足らざる吾に告げるありがとう嗚呼母にしあれば

歌いゆかん

こころ弱き己に克てよ夏の日に母は叱りき少女のわれを

悲しみという透明な渦の中しずけくありて笑むことのある

母ありし日のごと低く歌いゆかん梅の木の間を鳥影よぎる

はや秋の竜胆などを携えておみな二人の訪ね来たるよ

甘やかに午睡のときの流れゆきふいに覚めれば母なきうつつ

にがうりの繁り葉揺らし夕風の流れ来て人のよろこべる声

ポートレートの笑みかげりなき前に座し声あげて読む手紙幾通

日の当たる二階の小部屋に上れずになりひととせの日を戦いき

草の秀に

ゆっくりと葉を泳がせてのち注ぐ北限の新茶うましと飲みき

赤膚の茶器小さきに注ぎたる新茶の淡きみどり飲み干しぬ

これの世の今年の新茶の浅みどり雫残さず器を返す

ぬるき茶に溶け出だしたる淡みどり旧き歌友のこころばせ飲む

秋風の立ちて戻れる鳥の声聞きおり人のなきリビングに

さなぎより庭に住みいし黄の揚羽草穂渡りて見えずなりけり

駝鳥の子見んと誘う君と行く雲切れ初めし高空のもと

農場のつち道をすすむ自転車のペダルは秋のひかりを返す

草の秀に満ち来てたわむ秋のみず踏みてゆかんか自転車を置く

毛の色のおぼおぼとせる塊より首にょっきりと駝鳥の子ども

伸ばしたる首右左と振りながら駝鳥の子らは小舎うちを廻る

駝鳥の子をふたり見おりぬ蒼穹より降り来る秋の気配を浴みつ

広角のレンズのような黒き目を据えて駝鳥は吾を見下ろす

秋空に駝鳥の首のにゅっと伸び寄り来る黒き目と対峙する

見開かれし瞳なき目に映りいる吾とは何か駝鳥に向かう

交わらぬ視線の宙に対峙して駝鳥よ先に動くかわれが

黄を帯びる草にまみれゆく半球に駝鳥とわれの時静止する

飛翔

戦国の世にあるひとり尋ね来る秋の日しろき
建仁寺あたり

乱世を風雅つらぬき生きしとや石塔の辺に茶
の花の咲く

石塔のかたえに茶の木遠き日のしじまを零す
ごとく花開く

石塔の巡りすがしく掃かれいて四百年はまば
たきに似る

複雑にされど己の道生きし人の鎧いてある日
は関ヶ原

うぐいす色あり白黒の縞のあり水辺に小さき
鳥ら趨れり

山裾を下りて木の間を奔り行く水より速き小
鳥の飛翔

野に生きる鳥の素早き羽根さばき水湧く木の
間を日の斑の揺れる

菊の咲く香のりりしきを詠みしゆえその大輪
を部屋にともなう

大輪の菊のこぼせる香のなかに笑みて誕生月の空高し

薄べにのほむらの如く菊開き母なき部屋のひかりを吸えり

オランダの乳

小雪の巡れる日にて伊東屋の万年筆売り場に夕べ来りぬ

われとわが為に求めるいっぽんの万年筆の軸のルビーレッド

紙袋軽きを提げて潮満ちるごとき心よ夕べ銀座に

壜に揺るる闇濃やけきインジゴの三十粍リットル程を提げ行く

師のあらず弟子にあらざる自らに与うるペンの切っ先硬し

書くことの孤独のかたえルビーレッドの軸鮮しき万年筆置く

詠みてなお詠めざる夜も吾が卓にあらな軸あかき万年筆を選る

素焼きの壺かしげ女の注ぎゆくオランダの乳ほのぼの白し

搾り来し牛乳たっぷりと重る壺抱える腕の丸く照りもつ

牛乳をそそぐ腕の肉付きに照る北の地の光のあおむ

厚き掌に馴れし壺より注ぎいるミルクの刻むゆるやかな時

対象《モデル》への愛は静かに燃えおりて画布にフェルメールの青《ブルー》波打つ

フェルメール一枚の絵の放ちいる光に寄りて像となる人

しら壁にひかりは陶の照りを塗る十七世紀オランダの朝

みずはなだ色

浅き春巡れる房総半島を車走らす海を右手に

灯台に望む相模灘凪凪ぎて今日の日若くひかりを延べる

パステルに青き島影描きたる父の立ち位置に遠からず此処

灯台のほとりの漁村絵の道具負いてけわしき坂を行きしや

旅の土産呉れしことなき父が手に貝殻持ちてみやげと言いき

描きに来てひとりの父が砂浜に貝拾いおり貝うつくしき

荒磯を前に絵筆に立ち向かう父なり壮年の命燃やしぬ

切り口の鮮けき束の花々はトランクにしばし眠らせ帰らん

装幀のみずはなだ色と知るのみに遺歌集届く寒の日晴れて

いくたりの囲みし卓の木のおもて磨かれて部屋に冬の日及ぶ

過ぎし日が潮騒のごと響めるを聴き立ちあがる木の卓の前

春空へ翔ぶ

郵便受けの箱の中より揚羽蝶ふいのひかりにおどろくさまに

開きたる郵便受けより黄揚羽がわが手のめぐりしばし纏わる

羽化のちの間なき小さき揚羽蝶身を震わせて春空へ翔ぶ

木立へと蝶おぼおぼと初めての飛翔はためく紋くきやかに

高枝へつづく虚空に春の気の張りて翔びゆく海渡るごと

花の枝を指しつつ蝶の羽の揺れはげしくゆるく鼓動をきざむ

春の気をふふみ漲り来るものの羽ふたひらに
ありて空をゆく

高枝の花にながくは留まらず蝶のふわりと春
の韃靼海へ

穏やかな春の朝なれど風の波あるらし蝶のふ
と流される

チラシよく入りいて春は蝶なども出で来る母
の郵便受けは

＊

父の遺骨抱き来し日の空に似つつ歩みぬ母の
み骨たずさえて

うつし世に夫と妻なればみ骨並べ据えしと若
き牧師の笑みぬ

遺骨納め丘陵ゆるきを帰り来る身の透くまで
に青葉潤う

スペーリア

千住より芭蕉の歩きし街道に沿いつつわれは
東武電車に

春日部は母のかすかべにはあらず特急瞬時に
駅舎を過ぎぬ

列車の窓に幼き瞳いっしんに夏の田を追う母
と春日部へ

夕はやき縁に祖父ひとり膳を据え晩酌をせる
ふしぎを覗く

夏の日の暮れがたく独り晩酌の祖父庭に向き
しんと座しおり

わが二歳のまなこに祖父の座す縁の高しよ白
き夏衣着て

遠き日の駅の記憶をたぐる間を攫いてスペー
リア走り抜けたり

大利根を渡る頃おい早苗伸ぶる日本の景のは
ろばろ湿る

潮の音

母のなき今年われ宛に送りくるる若布の箱に
潮の音聴く

水を張るボウルに放つ褐《かち》色のわかめゆるりと
襞ほどきゆく

新わかめ浸すボウルに三陸の海底深きみどり
のそよぐ

塩に漬くる若布ちぢめる一塊を放てる水にゆ
るゆると渦

塩わかめ放つボウルに水うごき草の濃みどり
照りもて返る

海底の草たちまちに伸びひらき触手のごとく
ボウルに揺れる

湯に放つ若布ただちに氷水にとりてきしきし
手指に搔きぬ

卓に載する海のさきわい新若布のつやけきみ
どり中高く盛る

いにしえの海の響みを聴くごとし大鉢に盛る
わかめの餐に

三杯酢掛けし若布をたっぷりと鉢に食《お》す身の内よりすがし

磯の香のしるき若布を食す夜の卓のゆたけさ針生姜添う

魂鎧い

岩内山を望む船着き場カメラに向く六十歳きみが少年の笑み

日のひかりあつめて黒き葡萄もぎふふみぬ若き渇き萌して

枝揺らし黒葡萄食ぶる口中に生温かく日なた匂えり

葉隠れに照りの艶けき黒葡萄昼の餐とし暫く此処に

青年に仕送りし物語今宵また語れよ薪の匂える部屋に

老い叔父が手を振り遠くなる家の納屋の西瓜は如何になすらん

綿虫の舞えるをしおに別れ行く女ら「したらね」「雪が降るね」

登り来てそびら返せば灰青の海あり煤けし倉庫の向こう

多喜二はた整とすれ違う船見坂昭和の冬のはじめ冷ゆるよ

貧しかる父を詠みたる多喜二なりやわき魂鎧い戦いき

緋の黒みつつ

冬の根菜固く締まれる畑の間を渡る影ふたつ急ぐとなくて

かぶらの心全き白を疑わず冬日は畑をうらうらと過ぐ

石の段紅葉づる木の間に続きいて抜くる空の下小さき陵あり

冬晴れの天高きより緋のしるきもみじ降りきぬ段に仰ぎおり

海に身を投じし人の幻にもみじなずさう緋の黒みつつ

冬空をただよう紅葉ながきのち段の下なる植込みに着く

舞い来たる一葉のもみじ返りつつ植込みの縁を港となせり

八百年隔つる人の墓所にしてたゆたう紅葉の着地しなやか

拾いたる紅葉のおもて泡に似る傷あり大原の晴るる空の下

鳥の語

海に続く道ゆるやかに下り来て門ありひそとまぼろしの馬車

童謡館へ続く小径にしきり鳴く声して仰ぐ冬木の枝を

桜咲く枝に小禽の影揺れてこぼせる響きチュルリチュルリ

小禽の囀る桜の枝の下ひかりを浴むるごとく通りき

懐かしき日に帰るごと花あわき冬の桜の下を
潜りぬ

枝を張る冬の桜の門くぐり小鳥愛せし人に会
いに行く

鳥の語と人語の境分けがたき昼にて旧き格子
戸を引く

門守る小鳥は冬木の枝にいて主は机に片肘を
載す

伊豆の海の映像流れ語らるる詩人は「偉大な
る子供」なりとよ

海の辺に実る蜜柑に日の照りて詩人壮年の八
年ありき

ジプシーの犬

アンダルシアの光照り返す石道に翳のごとい
るジプシーと犬

髪束ねしジプシーの若者と連れの犬「裁きの
門」に吾を追い越す

ナスル朝亡びて久しき宮殿の水の流れに手を
差し入れる

浸す手を圧しくる水の冷たさや雪被る鋭き山
塊のふもと

くり抜きし小窟のドームの壁に沿い席あり踊
子の脚踏む傍え

太く濃く悲しみの命生きよとぞヒールに石の
床打ち鳴らす

潮のごと引きて満ちつつ激ちゆくタップの響
きにいつか身を揺る

浅黒き肉叢《ししむら》ひねり振り向きざま開く十指の表
情を見よ

甲斐駒

鞄にある小さき水筒にみず揺るる気配立春の
朝の歩みに

吹き抜けのエスカレーターに上りゆく甘きパ
ンの香漂う階へ

潮騒のごとく人群去りしのち雀降り来るホームひなたに

塵を掃きくまなく磨き上げられし空のもと列車は走る信濃へ

春立てる日のひかり引き山峡に速度を上げる特急あずさ

甲斐に入り土のおもての微かなる春の兆しよ渡る笛吹川

まだ萌えぬ葡萄畑を過ぎるとき歌うようなる列車の唸り

稜線の藍濃き鋭角鈍角のさきのぞき来る雪の山塊

突き上ぐる拳のごとき山塊の雪照り返る紺碧のもと

衝動に似たる力の地底より噴きて定まる甲斐の峻嶺

絵筆もて挑むを待てり空を突く白き頂きぶこつに尖る

描く心惹きつけやまぬ山容の屈曲しつつ溜むる力あり

甲斐駒の正面に回り程もなく離るる列車の日野春あたり

歌びとに捧ぐ

梁高き部屋に晩夏の風通り人はつつましく畳に座しぬ

あやうしと取るかたわらの腕《かいな》にて長き廊下をゆるゆる歩む

かれがれの腕かの日の母のもの越後の海を望みつつ今朝は

「帰り来ぬことは言はぬ」海に向く頭かすかに揺らぎていたり

満州に二十五歳のひたぶるに命守り来ぬ声ひくき人

歌に知るひとりの心寄り難し涙腺もろきある日を詠みき

少年のごとく髪揃え旅ゆけり独りの靭きこころを給え

きさらぎの暦に春の立つこころを短く臥して身罷りしとぞ

詠まんとし眼に追える沫雪《あわゆき》となりて山河へ帰りゆきしか

とどろける時生ききりし静かなる最期九十歳のみごとさ

引き取れる息安らかと記したる便り越後の朝の空より

家を巡り垂るるつららの光りつつ融くる頃かなさなみさんなく

ペンにしるす便りはうつつ雪の巻く薄明の野を人去りゆけり

また来ませ文字のインクの藍淡き葉書立てをく二月の卓に

新幹線の窓に青田の景色また稲穂の日あり歌会に通いき

歌びとに捧ぐは歌のほかあらず夜の机に言葉を繋ぐ

歌論・エッセイ

杉本清子研究

第三歌集『風のつばさ』を読む

（一）　インスピレーション

『風のつばさ』は杉本清子が鈴木幸輔の選を受けた最後の歌集である。その選に対する鈴木幸輔の姿勢は「あとがき」に知ることが出来る。

「そうだよ、体の調子がいいので、いま君の歌集原稿を見ている。これはもうやってはいかん、これもいかん、何かもっと別のやり方を考えなければ、とね。妥協すれば君が歌に負ける。僕も負ける。」

幸輔は選において少しの妥協もしなかった。真剣で渡り合うような気迫でこれをなした。晩年の、病に侵された幸輔を想像するに、そこには鬼気迫るものがある。だからだね……、と読み終えて私は思う。なまくらな私にはとても疲れる歌集だった。この師弟の交わした真剣の言葉のやりとりの観客になることさえ、力がいる。普段使わない力を必死で駆使しても、まだ足りない、全然、と感じる。おじけながら、手がかりになることのいくつかを取り上げることぐらいしか、今の私には出来ない。この歌集を編んだ清子四十代後半から五十代の初め。信じがたいことだが、現在の私より若かった。

冬の日の机のおもて冷えたるに肌あらき和紙の白きを敷きぬ
乱しおく朝の机にゆび触るる文鎮は空の冷えをつたふる

「疾風ふく日」より二首。昭和四十六年が明けて寒の頃の歌である。机とは戦いの場である。少なくとも清子にとってはそうであった。冬の日の冷えた机の上に敷く一枚の白い和紙。そうすることはあたかもいくさ場を清めるかのようだ。心が改まる儀式のようにも感じられる。しかし、「冷え」た机の上に敷くこの和紙は柔らかくきめ細やかなものではない。「肌あらき和紙」である。この表現からは和紙のしっかりとした実存が伝わる。手触りの確かな、それでいていかなる激しさをも吸収してくれる日本の紙こそが作者の美意識にかなう。戦いに臨む作者の居ずまいを正した姿が浮かぶ。

次の歌は、朝の机にある文鎮が「空の冷えをつたふる」と詠む。重厚な鉄の文鎮が想像される。昨夜の書きかけがそのままに乱れている机の前に来て座り、文鎮に何気なく手が触れたとき、あたかも魂は覚醒したかのようだ。文鎮を通して今日の空の冷たさと触れあう。この遙かなものとの交歓は、新たな戦いへの闘志を静かに燃やしはじめることでもある。これらの歌からは「詠むために観察する」ということとは別のあり方を感じる。生活そのもの、所作そのものが歌への動機となっている、とでも言ったらよいのだろうか。

手のうちの鉢のしづけさ思はざる遠きこだまをきく如き日に

淡緑の鉢のゆたけきふところに溜りて冬の夕やみの色

豪放のすがた青磁の鉢に見て出づる夜の街に雪ふりそめつ

昭和四十八年の、やはり寒の頃の歌「淡緑の鉢」から三首を引く。「淡緑の鉢」というタイトルから、青磁の円錐形の平鉢を私は想像した。その鉢を見せてもらうために訪問をしたのであろう。

まず一首目。「手のうちの鉢のしづけさ」は「思はざる遠きこだまをきく如き日」という直喩によって表される。いや、直喩そのものは「日」にかかっているが、その喩全体が「鉢のしづけさ」を表す隠喩となっている。そしてこの隠喩こそが、鉢の持つはるか過去からの時間や、経てきた運命を想像させ、ミステリアスでさえある。鉢についての描写は「しづけさ」だけである。しかし、その「しづけさ」への確かな把握から生まれた隠喩であろう。

二首目。「淡緑の鉢のゆたけきふところ」から、ゆったりとおおどかでありながら質実な青磁の鉢の姿が浮かぶ。そのふところに溜まる「冬の夕やみの色」という結句への直結は、作者にとっては飛躍ではなく、ごく自然な思考の回帰であったであろう。しかし、読む者には、意外性がある。意外であるが、驚きながら納得する。冬の夕やみの色を溜めている淡緑の鉢と私も出会いたい。

三首目。漢語がここでは効果的である。「豪放」は心象ではなく、叙景として使われている。そうであっても、普通使うにためらわれる言葉である。例えば人を豪放と言ったら全く詰まらない歌になりそうだ。たぶん、歴史上のはるか遠い世の陶工の手で造られた、シンプルで力強い青磁の鉢に使ったから、ぴたりと納まったのであろう。青磁の鉢に見る「豪放のすがた」。それを眼に収めた作者は、夜の街を帰って行く。舞いはじめた雪の軽やかさが映像のワンシーンのように、この充足のひとときをしずかにしめくくる。

どれもインスピレーションを感じさせる歌である。漢語は常識的に使うと陳腐になる。常識を越えた世界への魂の逍遙があって、はじめて生まれる歌なのだと感じる。その辺に杉本清子の秘密があるのではないか。

（会報№15　2011／2）

（二）　時代を詠む

三・一一東日本大震災の衝撃を経て、私には、歌人として社会とどう向き合うか、そしてそれをどう詠むか、ということが大きな課題としてある。今回は、そのヒントを求めて『風のつばさ』を開いてみた。自ら職を持つことは無く、社会的には主婦という立場を貫いた清子であるが、その歌は無論主婦の趣味の域を遙かに超えている。鈴木幸輔の精神に倣い、「プロの歌詠み」を目指し、またそれに達するものであった。テレビは見ず、新聞もそれほど熱心に読んでいた様子はない。しかし、折りに発する言葉には社会への鋭い洞察があった。今回は時代と向き合う清子を捜し、次の五首を選んだ。

切取りて机にぞ置く月の石の顕微鏡写真をさなご飢餓の写真

漆黒のペン軸をもつ指のさき脂浮きつつみな渦をなす

潮やけの皺たたむ顔ちかづきて乾わかめ売るこの草丘に

雪の降る夜にとどろきて息ながきひとつの雷の空わたりゆく

重量をもちて展べたる海の紺ふゆ昼すぎの光をたたふ

「月の石の顕微鏡写真」と「をさなご飢餓の写真」を切り取って机の上に置くという一首目。事実を述べただけであるが、そこに切り取られたのは時代の抱える矛盾の底知れない淵の様相である。宇宙船が月の石を持ち帰るという最新の技術と、幼児が飢えているという同時進行の事実。宇宙開発がもはや時代の先端ではなく、やがて過去となるであろう現代にあっても、この歌の与える印象はなお鮮やかである。

二首目。ペンを持つ自らの指先を読んでいる。この歌は、前後から、親しい人の突然の死という衝撃を詠んでいるとわかる。漆黒のペン軸から繰り出すべき死者への言葉。しかし、渦をなす脂の浮いた指先に目は止まる。そこから先へ進むことが出来ない。その事実が、受けた衝撃の深さを物語る。

三首目は「潮騒」と題する一連より。副題に――男鹿にて――とある。「潮やけの皺たたむ顔」と描写される老婆（老婆とはどこにも書いていない）と作者等は草丘で遭遇する。まるで、ドキュメンタリー番組の一シーンを見るようだ。老婆の背に負われた籠に乾わかめが入っている。男鹿地方に今日、この風景は見られるのだろうか。永遠に止められた、この日この時代、この地方の生活の実景である。

四首目。冬の夜の雷を詠む。「息ながきひとつの雷の空わたりゆく」その初めから終いまでを聴き止めている。清子は自然の声にも敏感であった。そうした中に含まれる微かな予兆を聞き漏らすことがなかった。人としての原初的な能力をもった耳、それを歌人として作品を紡ぐための武器として身に備えていた。

　そして五首目。「重量をもちて展べたる海の紺」との描写に出会ったとき、一瞬にして襲いかかる津波に変化した海を思った。それは、海がつねに示している姿であったのだ。しかし、人は自分に快いものとして自然に向かってしまう。あるいは自分の勝手なイメージを重ねて。しかし、海とは豊穣な命の懐であると同時に、命を奪うものでもある。平穏に見えつつ危機を孕んでいる日常のように。目を凝らし、耳を澄ませるとき、それらは確かな相貌を見せてくる。それらを目にしたときの、奔りだす思いを定型に込め、破綻なく詠み込むことが歌人としての清子のこの時代のステップだった。

（会報№17　2011／8）

第四歌集『旅笛』を読む

（一）　歌に執する

　今回から、杉本清子第四歌集『旅笛』を取り上げることにする。言うまでもなく、この歌集名は当「旅笛」誌のタイトルともなった。清子五十代半ばの集であり、師鈴木幸輔への挽歌が掉尾をかざる。このタイトルについて、歌集「あとがき」に次のように述べられている。

　本集を『旅笛《りょてき》』と名づける。

　旅とは未知の土地への巡礼であり、その変化と推移の相《すがた》から人生に擬せられもするが、私はそこにひそかな限定を加え、〈遥かなわが心のエルサレム〉への旅路を寓したいと思う。また、歌が〈一管の笛〉であるとの感慨は、本集後半の挽歌を書き写している時に熟した。

＊

『旅笛』は昭和五十一年から五十五年の作品を収

める。清子五十三歳から五十七歳の歌である。昭和五十五年の春に鈴木幸輔が世を去る。しかし「たとえ師がご存命であったとしても、本書の自選は約束されていた」（あとがき）とあるように、「つぎの歌集は自選せよ」とは師の言葉であった。そのことからも、また、鈴木幸輔の死により長風の選者になることからも、清子が一人の歌人として自立していく時期であった。日常を詠む常と変わらぬ姿勢がうかがえる集のなかで、唯一、力を出し切って詠みきった、と感じさせるのが集の掉尾となる幸輔への挽歌である。それを詠むことによって超えてゆかねばならぬものと、真っ向から対峙しようとする、作者の歌への執念が、迸る言葉となって詠まれる。それらの歌を取り上げるのは今後の機会に譲るとして、今日は、集の初め、昭和五十一年春の作品を挙げることとする。

　梅の香の染みし空気は曇りより午後の日洩る
　　る路上にうごく

集の冒頭の歌である。歌集を編むとき、最初にもってくる歌が大事だとつねに清子が語っていたことを思い出す。さて、その冒頭の一首は、一件何気ない叙景の歌のように見える。しかし、この一首に仕込まれた技巧は、この歌集がプロの手によることを読む者に知らせる。「梅の香の染みし空気」と無駄のない初句であるが、梅の匂いが辺りに漂う早春の気配を伝え、その空気が「午後の日洩るる路上にうごく」と詠むことで、空気の塊の視覚的な移動を想起させる。浅春の空気のうねりを捉えた一首である。冒頭の歌によって試されたのは作者ではなく、読者の力量と知る。

　書きなづむペンの先より春寒の夜のインクが
　　木の芽匂はす

この歌は、結句の比喩の意外性が効果を生んでいるようであるが、「書きなづむペンの先」から「春寒の夜のインク」へ、そしてそのインクが「木の芽匂はす」との結句に至るまでのよどみない運びに隠された思惟に注目したい。改めて読むと、「書きなづむペン」は創作のペンであり、そのペンの先から匂う木の芽のかぐわしさ、生命性は、創作の机の喜びではないかと思えてくる。だからといってそのことを初めから狙っているのではない。この結果こそが「匂ら木の芽」であった。

白梅のかがよひを浴び帰りしがあはれ苦しみて一首を毀す

これは苦吟の歌。「白梅のかがよひを浴び帰」ることは、今日詠む歌の題材を得て帰ったことであったのにという詠嘆が、下の句の「あはれ苦しみて一首を毀す」となる。「毀す」の漢字は壁や器に穴があいてこわれるの意であり、通常の「壊す」の生やさしさではない。一首を毀したとは、こなごなになり果てた状態であり、「あはれ」にはその嘆きが籠められている。「あはれ苦しみて」の結果の惨めさ。そこから逃げることをせず、その自らを詠み、その場から始めようとする強さが必要だと教えられる。

朝の日に色たつさくら遠き方は紙を揉みたるごとく漂ふ

桜を詠むことは難しいとよく言われる。それは、色合や姿態やそこに込められたものを何でも詠み込もうとするからなのかと、この歌を読み、思った。「遠き方は紙を揉みたるごとく漂ふ」この比喩だけで決まり。あっけないほどに。びっしりと咲ききった桜の花びらが折からの風に揺れあい、盛り上がる様子がたちどころに想像される。こんな風に即物的に詠むことが、却って花の咲きさかる一瞬の春を思わせる。すなわち有情な歌を生むことを知る。

詠ひつつ勁き一人となるわれを見ることのあり齢のふかし

清子五十三歳の歌。この年齢にしてこのように詠むことの重さを思わずにはいられない。直前に「若き日の歌集を読めば悲しめるこころは細く死に膚接せり」との歌。すぐあとに、「苦しみて得たる一人のこころもて朝々に寄る机のおもて」の歌が見られ、これまでの道程が並々ならぬものであったことを物語る。作者には珍しく具体の乏しい歌でもある。しかし、具体を武器として叙景や比喩表現を操る多くの歌のなかにこれらの歌を見るとき、そこに避けて通ることの出来ない作者の存在そのものをかけての今日までの格闘を思うのだ。いや、最も苦しみに満ちた闘争はすでに終っての感慨が込められているとも感じられる。その闘争とは、表現者としての追究が生む苦しみだけではなく、文芸に関わっていく自らの生命線を守るための日々があったことでもあるのではないか。その苦しみを経て得たものは、やがて作者にとって恩寵とも呼ぶものとなっていく。その人生の過程での「勁き一人」を自らに確認する一齣である。それは痛ましい歩みと、ある人の目には映るだろう。しかし、その場所を経た作者の底知れない覚悟は、そのような甘い解釈をはね返して余りあるものがある。

（旅笛8号　2014／5）

（二）　鈴木幸輔への挽歌

『旅笛』の学びも回を重ねてきたが、今回はこの集のクライマックスをなす、師鈴木幸輔の死の看取りから挽歌へと至る一連を取り上げたい。

激流を徒《かち》わたるごと急ぐかな街のうへ紅《こう》をながす夕空

この一首を冒頭に置く「終のいのち」は、幸輔の容態の急変を聞いて病院へ駆けつける夕暮れの描写から始まる。「激流を徒わたるごと」夕暮れの街を急ぐ作者。一刻も早く駆けつけたいが、思うほど体は進んでいない。ままならないもどかしさが伝わる。この比喩は『平家物語』等にある宇治川の先陣を競う場面を想像させる。古来伝えられてきた物語の表記が、作者の切迫した心理と重なる。下の句の「街のうへ紅《こう》をながす夕空」の「紅」は「くれない」でも「べに」でもない。漢語の「紅《こう》」が独特の雰囲気を伝える。同じ紅でも感傷や情緒を排除した色合。これから出会うべき場への緊張と覚悟、そして切実な願いが伝わる響きである。

ぼろぼろと身のなるまでに歌詠みて利心のまま
を果て給ひたり

「さくら挽歌」は桜の花の時に逝った師を悼む一連である。利心（とごころ）＝するどい心。しっかりとした心のことを言う。死者となった鈴木幸輔へのこれは作者の讃辞の歌である。身がぼろぼろとなるまで歌に執した幸輔は、その精神に少しの狂いも生じてはいなかったのだ。鋭い心のままに最期を迎えることは、壮絶な戦いに果てることでもある。歌人としての生涯を貫くことの深淵をここに覗く。そこに自らも望むべき最期を見たのであろう。真のカリスマは、このように命もろとも文芸に殉じる死に様を見せた。

わらわらとせるを突き抜けゆく如し師の魂魄
にことば申せば

前後の歌から、これは葬儀の中で、弔辞を述べるために進み出た場面と思われる。師の死から葬儀への、弟子の一人としての日は、あっという間の眠る間のない時であったろう。心を落ち着けて死と向き合うこともないままに、葬儀の時は進行する。わらわらと定まらない心のままに、進み出る。そして師の魂魄に向かって語りかける。「先生と声をはげまし呼びかけぬみ骸となる師の前にすすみて」の歌が前にある。その師への呼びかけの声を自ら聞きつつ、作者の心はあるべき場所へと立ち返る。定まらない心を突き抜けてゆくもの。それは師が遺した歌への魂魄そのものであろう。

なお、掲出の一首目も二首目も「ぼろぼろ」「わらわら」という畳語が初句に使われている。筆者が杉本清子の添削を受けるようになったのはこの時代より十年ほど後のことであるが、その時期に於いては、初句に畳語を使うことはほんの初期を除いて厳しく戒められ、筆者もそのことを守って今日あることを付記する。

渚うつ波のごとくにひと日する青葉を空に梳く風の音

直接死者のことに触れてはいないが、青葉の頃の寂寥感が漂う一首である。師を見送った桜の季節が終わり、青葉が繁る季節となった。作者の書斎の窓の向かいに欅の屋敷森がかつてあった。その森を抜ける風の音は、作者にとって日常そのものである。しかし、渚をひねもすうつ波のようなその音に、師を失った作者はそこはかとない悲しみを感じているようだ。風の音が青葉を梳いて行くように、悲しみは時の淘汰を少しずつ受けて変容する。その日、その音を聞いているらしい作者の虚脱感に虚無の感じさえ漂う。

雄物川夏行く水の遠く照り歌に狂ひしひとのおもかげ

「草の露」一連より。師の故郷秋田県西仙北郡の雄物川の流れる地へ、納骨のため訪れる。この年の長風の大会が田沢湖で持たれた。幸輔が亡くなった四月から数ヶ月の時が流れている。この一首を成り立たせている「歌に狂ひしひとのおもかげ」のフレーズが心地よいカタルシスとなって読む者の心に響く。作者の心の中で、亡くなった師は「歌に狂ひし」一人の人となった。この距離感は寂しくもあるが、このように客観視することは新しいエネルギーの源となることを感じさせる。そして、偶像としてでなく、偽悪でもなく、鈴木幸輔という一人の人の命の有りようをこのように伝える歌を読むとき、真の師弟だったという思いを深くするのだ。

水の音する野に咲きて衝迫の紅かたむくる葛の房花

同じく「草の露」の中にある歌。前出の歌と同じ時に詠まれている。雄物川岸辺に咲く葛の花を詠むが、その花の色を「衝迫の紅」と表すところが、読む者にとっては衝撃的だ。

衝迫の思いは作者の心にある。突き上げてくる悲しみが、師の故郷の自然の中に立つ作者の心に起こったのだ。しかし、それを「水の音する野」に咲く葛の花の色に重ねた。あたかも葛の花が悲しんでいるかのように。いや、作者にとってはそうだったのであろう。なぜならその野は幸輔を産み育てた地であるから。しかし、自らの心を語ることなく、悲しみを表すこのようなすべがあることは、表現に執した作者らしい発見である。また、この歌に限らず、清子の歌には漢語が効果的に使われている。決して多用はしていないが、時に使われる漢語は読む者を立ち止まらせ、考えさせる。

なお、本稿初出の歌の結句「紅《こう》をながす夕空」の「紅《こう》」にはルビが振られているが、この歌の「衝迫の紅」にはルビは見られない。初出の歌では作者がこだわり、特殊としてあえて使っていることになる。この使い分けも注視したい。

（旅笛12号　2015／5）

第五歌集『邂逅』を読む

（一）青春の日の邂逅

『邂逅』が編まれた杉本清子の年齢と、現在の筆者の年齢はほぼ重なる。歌人としてのスタートを切ったのは清子が二十代、私が三十代と、そこに至るまでのキャリアに違いはあるが、それにしても円熟期を迎えているこの歌集の作品に触れると自らの勉強不足、そして敢えて使うならば精進不足というものを諌められているような気持ちになる。

　花首の垂るるあまたのばらを挿し人は粘稠の
　　絵筆うごかす

「ばらのとき」一連より。これは画家のアトリエの風景である。瓶に挿したばらはすでに花首を垂れている。それでも、絵筆を動かしてばらを描き続けている画家の姿がある。粘稠《ねんちゅう》という日常では使われにくい漢語は「ねばりけがあって密度の濃いこと」の意味である。画家の粘稠の絵筆を前にさしものばらの花もうなだれている。どこかユーモラスであるが、けっして面白おかしい風景を詠もうとしているのではない。絵描きの執念、一枚のキャンバスに向き合って消費された時間のことを言っている。これは作者にとって夫のことであるが、家人への感情というよりは、創作に携わる者という意味での、同志への共感、敬意を詠んだのだ。

　夜を経て渦のほぐるる瓶のばらいくつの色の
　　韻きあふなり

固い莟であったばらが動き、花となる瞬間である。「夜を経て」という時の経過ののちに渦をほどくばらの、下の句の描写によれば幾色の色彩が想像され、「色の韻きあふ」からは典雅な音色が響いてくるようだ。画家にとって永遠の花であるばらを前にして歌人もまた、ばらの描写に執心する。

卑しみて昨夜ひとを見しまなこをば炎のばらの渦に触れしむ

昨夜の自分への内省から詠まれる歌。「卑しみて昨夜ひとを見しまなこ」、このようなことは日常ありがちであり、歌にするまでもなく通過されがちなことだが、作者の潔癖がそれを許さない。その記憶は痛烈にある。むろんここでは人間的な潔癖を言うのではない。キリストは「もし右の目があなたをつまずかせるなら、えぐり出して捨ててしまいなさい」と語っている。このキリストの言葉は日本的な情緒、心情とは全く相容れないものであり、理解しがたい。しかし、作者が立つのはこのキリスト者としての潔癖なのだ。そして、下の句の「炎のばらの渦」は浄化の炎であり、その渦に自らのまなこを「触れしむ」作者は、咲くばらの放つ力に霊的な力さえ見出していることになる。あるいは、炎と咲き盛るばらに聖霊の炎を重ねている。純潔と高貴、そしてすべてを焼き尽くす火である。世俗と一線を画するばらの花の歌であるが、日本的情緒を脱した世界を短歌という器に盛り込もうとする作者の、創作への意欲と執念のなした歌とも読める。

裾野原ひろがる果に市街あり散りしガラスに似て日を反す

「富士が傾く」とのタイトルで詠まれた一連の中の一首。この裾野は周囲の歌から富士の裾野とわかるが、特にそう読まなくても伝えようとするところは理解できる。遠くに望む市街を「散りしガラスに似て」との喩えからは、人の築いたもの、文明の繁栄を支えてきたものを、虚しく無機質なものと感じている作者の批評性、文明観が伝わってくる。敗戦により瓦礫と化した東京を眼に納めた若き日の体験は、その歩みの根底につねにある。戦後の苦しみの中から立ち上がり、何十年を経て老年に至るまで、便利で見栄えのよい物に馴染もうとせず、勤勉で、丁寧さと礼節を失わない、古き良き日本人でもあったことを不思議なことのように思い出すが、短歌という日本の伝統の詩型を愛し、こだわる生涯であったこと、それは重なる。

青春の日の邂逅を思ふまでみどりを暗く海潮うねる

作者の青春の日の出会いとはどのようなものであったろう。「みどりを暗く海潮うねる」からは、この年代の人達にとっての青春時代がいかなるものであるかを思わされる。若く、謳歌すべき青春の日々を楽しむことはなかった。それはもう取り返しようがない。作者は今、目の前の絶え間ない海潮のうねりを暗鬱とした若き日と重ねている。しかし、それだけの一首であろうか？　とも思う。ここでの「邂逅」とは単に誰彼との邂逅のことであろうか？　いや、そうではないと私は思う。その時代そのもの、戦争に至るまでの軍国主義に傾く国家、それに伴う事件、空気、今となっては歴史として語られる、その時代と思いがけなく遭遇した人生の偶然を言わんとしているのではないだろうか。そして今、作者にとってそれは「青春の日」限定の出会いでもある。青春が過ぎ去ってのちの、思いがけない人生の出会いを経て現在の自分があることを暗に語っている、と読むのは深読みだろうか。

歌集のタイトル『邂逅』に因む作品としては、この一首が集中にあるのみである。しかし、続く第六歌集以降のタイトル『恩寵』『揺祭』『対話』『憧憬』『憧憬以後』、また『邂逅』以前に作者が自らつけた歌集題『風のつばさ』（第三歌集）、『旅笛』（第四歌集）、それらが神への捧げ物としての表題であることを思えば、この歌集『邂逅』のタイトルに籠められた思いも自然と読めてくる。青春の日の暗い邂逅を詠む一首は、後の人生における邂逅と、それにより展開する新しい命による歩みの暗喩であったと。

（旅笛14号　2015／11）

（二）「モダンを担ふ」

『邂逅』からは、杉本清子の多様な関心を読み取ることが出来る。論じるに当たり、今回は、ポイントとして伝統工芸と作家への思いを詠んだ歌を選んでみる。

木の膚に幾世をこもる花のいろ照り出づると
や茶筒くれなゐ
身と蓋の摺合ふきはにかすけくも茶筒は息す
さくらの息を　「紅玄《くろ》く」より

桜の茶筒の色を詠んだ一首目。「木の膚に幾世をこもる花のいろ照り出づるとや」は伝聞なのであろうが、この長い引用が結句の「茶筒くれなゐ」を納得させる。桜皮細工の茶筒は厳密に言えば茶色が勝っている。その色の中に滲む紅という、見える者にのみ見える色彩を詠んでいる。

茶筒の身と蓋の「摺合ふきは」にかすかな息を聞き留める。それは、「さくらの息」であると言う。桜そのものの息であると同時に、これを作った人の命の息でもある。桜皮細工とは桜の命をここにとどめ、生かすものである。自然との共生の中から生まれた工芸品への作者の思索が窺える。茶筒の素材となった山桜の美しさへの思いと同時に、これを工芸品として生み出す職人の技への尊敬と共感が籠めらる。歌を詠む自分たちもまた、伝統の詩型に関わり、これに執心することで新しい命＝息、を生み出すことを求めている。

塗り重ね時を封ぜしごとくにも漆かがやく一
閑貼の盆
朱線もてうるしのうへに菊を描くこの単純に
技の歳月
漆器をばうるしのうつはと呼び直す語感美《うま》し
く芸に執しき
伝へ来し漆に嵌める貝の照り男《を》ざかりびとの
モダンを担ふ

貝たちに申しひらきの立つ螺鈿うるしうつはに究むと述べき　　「うるし」より

漆作家の人と作品を詠んだこの一連は「遺作とはなりにし盆の黒うるし息ふき当るまで顔に寄す」の歌があることから挽歌として詠まれていることがわかる。「紅玄《くろ》く」の一連と比べて作家その人に重点を置いた詠み方であり、そこにこの漆作家との近しい交流が感じられる。

このことについて私が記憶していることを簡単に記しておきたい。あるとき、写生旅行に行った父と同じ宿に学生を引率して来ていたのが大学教授であり漆芸作家でもある佐々木英氏であった。言葉を交すなかでお互いに引き合うものがあったのであろう。二人は意気投合し、親しい交わりが始まった。年齢は佐々木氏が父より一回り若かったが同じ東京芸大出身ということもあった。工芸作家として輝かしいキャリアを持ちながらも誠実で飾らない佐々木氏の人柄について父が話題にしていたことを記憶している。互いの展覧会を観に行くなど、良き友を得て喜んだのはしかし短い時であった。佐々木氏は病により五十歳で早世してしまう。ここに詠まれているのは佐々木氏への挽歌であり、オマージュである。

生前予定していながら遺作展となった展覧会を当時私も観に行っている。漆に施した蒔絵や螺鈿の細工は重厚にして繊細、伝統に拠りながら斬新な作品群であった。漆という素材の性質によるのであろうか、仕上げた作品のもつ完璧さに圧倒された。このような作品を産み出すためのエネルギーと工芸界のリーダーとしての重責が交錯し、その身体を蝕んだのではあるまいか？しかし、清子の挽歌はそうしたことに触れることはない。工芸作家としての軸心にあるもっともピュアーな部分、純粋な愛の部分だけを取り出す。

「塗り重ね時を封ぜしごとく」と比喩で漆のかがやきを詠む一首目。一閑貼の作品は蒔絵や螺鈿と比べ簡素とも言えるが、その塗りのなかに作家の技を観ている。

漆の上に描かれた菊の紋様。その朱線を引く技を詠む二首目。シンプルな線であるが、そこに歳月が籠められている。「十年の技は二十年に及ばずとうるしを知れる眼をとほく据う」の歌が次に置かれる。一途に打ち込む人の純朴とも言いたくなる風貌が浮かんでくる。

漆器を「うるしのうつは」と呼び直すその「語感美《うま》しく」と詠む三首目。「美《うま》し」に籠められた「美しい」とは異なるニュアンスに注目したい。この作家が魂に抱くものを言い当てる言葉を探し、みごとに当てはめている。

伝統の漆細工ではあるが、その技の中に「モダンを担ふ」現代作家の姿に、芸に携る者としての共鳴があり、同時に「男ざかりびと」として逝った作家への愛惜が籠められる四首目。

五首目はこの作家の言葉を伝える。「貝たちに申しひらきの立つ螺鈿うるしうつはに究む」と述べたという。引用の形を取るが、ある時間を掛けた会話を凝縮したのではないか。海に養われる天然の貝たちのもつ光沢。それに対する畏敬の心が少年のようにピュアーな情感に満ち、かつ謙遜なものであったこと。工芸作家のこのような心に触れるとき、その存在そのものが神の作品のように美《うま》しいものと心打たれる。

歌を作ることは職人の技に似ていると清子が折に触れて語っていた事を思い出す。言葉という素材の浜辺に立ち、拾い、選び、当てはめ、置き方やデザインを工夫して一首を成す。私たちも、言葉という貝たちに申しひらきの立つ歌を、謙虚に、情熱を籠めて詠んでいきたいと強く思った。

（旅笛16号　2016／5）

第六歌集『恩寵』を読む

（一）　詩的完結

黄の弁のあえかに塔をなせる薔薇束ねて挿し
ぬ墓所の秋の日

「あえか」はかよわげな、はかなげなさま。しかし、この黄のばらは、それでいてみずみずしい「黄の弁」を重ねてぴんと尖った「塔」を形作っている。この歌の眼目は何と言ってもこの比喩の意外性だろう。ばらの蕾一つ一つを「塔」に譬えたのだ。それもここでは「尖塔の先」でなくてはならない。ばらの蕾の秘めている力強さ＝パワーを感じさせる。一般にお墓を訪ねるといった歌では、お墓に入っている人との関係性が重視されがちだ。でも、その点に関して作者はぶっきらぼうでさえある。どうでもいいのだ。（もしかしたら黄のばらは故人の好みであったかもしれないけれど。）これから開こうとするつんと立った黄のばらの束を墓前に挿してきた、「塔をなせるばら」を。それだけを詠みよしとする。これで、一首が詩的に完結したという作者の充足を読みとりたい。

（会報№23　2012／7）

（二）　上野櫻木町

若き日の魂荒れて棲みにける家あとに一樹えのきの繁る
清水坂街へとくだる雨の日の葉群の青のすさまじかりき

この年、昭和六二年の長風全国大会は上野の鷗外荘で開催された。鷗外の旧居跡に建てられたこのホテルは、鷗外の居室等を残しながら、現在は改装されてお値段も立派なホテルになっているが、昭和六二年当時は随分古くて使いにくいホテルだったと聞かされている。不忍池の北側から少し離れたところにあり、大会に参加した方々が、不忍池の蓮の花を朝早く見に行ったということも頷かれる立地である。この鷗外荘を、不忍池と反対の方向に出ると、道はくねりながら程なく清水坂を上る。実際に歩いた訳ではないのに上ると書く根拠は、上野から谷中方面を指す方向からして上るに違いないと思うからだ。この清水坂に沿って芸大美術学部の塀が続く。

父と母が結婚して住んだのが、この近くであった。父は美校（といつも言っていた現在の芸大美術学部）卒業と同時に軍隊に招集され、（実際は二年で繰り上げ卒業をさせられ）、北千島の占守島で敗戦ののち捕虜としてシベリヤへ抑留された。三年間の強制労働の期間を経て帰国、しばらく故郷の新潟で暮らした後上京、麴町中学校に美術教師として奉職する。その当時住んでいたアパートがそのまま妻との生活の場となった。昭和二五年二月に二人は結婚している。古い戸籍によれば母は父の本籍の新潟県高田市に入籍しているから、この上野での生活の場所を知ることは困難であるが、長女の出生がここで届けられたことにより、記録が残っていた。

東京都台東区上野櫻木町弐拾参番地

これが、長女（私の姉）の出生が届けられた時の住所である。今も上野桜木という地名は残っているので、区役所に訊ねれば、この住所の土地を確かめることは可能だと思う。芸大の塀に沿って迂回するようにめぐり、京浜東北線と山手線の線路のある方角へ向かっていく途中のどこか、と考えられる。父は、東京で暮らすことにしたとき、土地勘のある、美校の近くを選んだのだろう。懐かしくも楽しい青春の思い出の場所でもある。それはあまりにも短い青春であったが。

長女が生まれて程なく、両親は渋谷区幡ヶ谷本町に転居しているはずだ。上野のアパートは独身者用であり、子供が生まれたことによりここに住むことは出来なかったと聞いたことがある。姉は昭和二六年に生まれているから、両親にとっての上野櫻木町での生活は二年以内で終わっていると考えられる。それは、父が画業に専念したいと、勤務していた中学校を二年半で退職してしまった時期とも重なる。

前置きが長くなったが、掲出の歌に戻りたい。

一首目の、「若き日の魂荒れて棲みにける」の言葉は新婚の二年間を物語るものである。また、二首目の清水坂の「葉群の青のすさまじかりき」も過去形の「き」から、現在の叙景ではなく、三七年昔の心象と読むことが出来る。どちらも、遠い思い出として詠まれ、今目の前にある風景が「一樹えのきの繁る」と穏やかであることが救いだ。二人の結婚とは一体いかなるものであったのだろうか。振り返るとき、新婚のこの時期こそがもっとも魂が荒れていたと思えるような結婚とは。互いが全く相容れることの出来ず、ひらたく言えば相性が徹底的に悪かった。今どきの男女であればさっさと離婚していたに違いない。しかし、二人はキリスト教を知り、これに飛び込むことにより、この困難を乗り越えていこうとする。人間同士の相対的な問題を、各々の対神への問題と転換すること、それを唯一の共通の価値観として、この窮地をともに抜け出そうとしたのだ。「自己中心より神中心へ、死的現実より生命的現実へ（第一歌集『銀と葡萄』あとがきより）」。むろんその決断の後も数え切れないほどのたくさんのことが起こっただろうけれど。二人を身近に知る人間である私には、彼らのぶつかり合いの烈しさもその様も容易に想像できるが、これは他人には決して理解することの出来ないことなのだとも思う。父や母のことを「穏やかで優しい」等と人が評するとき、複雑な思いがいつも湧き上がってくる。

しかし、ともかく新しい「生命的現実」を希求する生活が始まり、昭和三〇年には次女が誕生する。渋谷区幡ヶ谷本町で生まれた次女は、当時通っていたキリスト教の集会の指導者によって「恵美子」と名付けられた。神の恵みを賛美するという、旧約聖書の詩篇に基づいている。

まだ私が存在すらしていなかった時代の、両親の甘さとは対極の新婚生活。敗戦の傷跡を残す上野櫻木町。街へと下る清水坂の葉群の、闇をはらんだすさまじい青。そここそが、私という存在の原点であった。

（会報No.24　2012／10）

第七歌集『揺祭』を読む

カリスマ考

カリスマの甘美なる毒を想ふかな銀杏の落す影に歩みて
カリスマは無くてよろしと絵に励むつら魂にこの夏会はず

この作品はおそらく一九八九年の夏に詠まれたものだろう。この時点で、清子にとってすでに世を去ったカリスマと呼ぶべき二人の人物が考えられる。ひとりは、鈴木幸輔、今ひとりは所属していた久遠キリスト教会の丹羽鋹之《としゆき》牧師である。丹羽牧師が一九七八年四月に六十八歳で、鈴木幸輔が一九八〇年三月に六十九歳でそれぞれ世を去った。清子にはある時期、同年代の二人の師がいた。そして奇しくも二人は一年をおいて桜の時期に世を去った。清子が「先生」と歌に詠んだのは、ただこの二人である。二人への挽歌はすでに学んだ第四歌集『旅笛』に読むことが出来る。

いのち熄み愛また熄みて花々に埋るるひとと会ひまつるかな
（旅笛「フェニキスよ翔て」より）
永遠に還りゆければ寂かなるデス・マスク師のひと世の歌業　（旅笛「さくら挽歌」より）

前者は丹羽牧師への挽歌、後者は言うまでもなく鈴木幸輔への挽歌である。この二人の師を見送った時から、『揺祭』の時代との間に十年近いときが流れている。彼ら二人の「カリスマ性」についての言及をここではしないが、清子の生涯で出会った実在のカリスマ的存在だったのではないだろうか。

つまり、「カリスマ」は、一旦は清子のからだを通過したのである。「甘美なる毒」は空想の言葉ではない。どちらも心酔するに足る存在であった。しかし、そのカリスマの放つオーラに酔うことは、ことの本質を見失うことだ。カリスマの介在を抜きにした「神と吾」「歌と吾」の関係に立つこと。それが、彼らの去ったのちの清子の在り方であったはずだ。いや、清子本人がもともとそれほど心酔してはいなかったのかもしれないし、心酔の後の虚脱や混乱とも無縁だったのかもしれない。おそらくそれが事実に最も近いのだろう。しかし、カリスマの去ったのちの教会への、また歌の会への観察と批評が、十年の時を経てこのような歌となった、と考えることは出来る。だから、「カリスマは無くてよろしと絵に励むつら魂にこの夏会はず」の歌は、「絵に励むつら魂」を借りた清子自身の「カリスマ考」の総括と読める。

（会報No.30　2013／10）

サン・ヴィクトワール

甲斐駒。山梨県と長野県の県境に位置し、南アルプスの北端にそびえる標高二九六七メートルの嶺。正式名称は甲斐駒ヶ岳。しかし、私にとっては甲斐駒。父がいつもそう呼んでいたから。

二月四日。ことしの立春にあたる日、三鷹駅から八時四八分発特急あずさに乗る。松本で夫の大学時代の同級生の展覧会が開かれていた。それに駆けつける夫に同行しての日帰り旅行である。数日前に降った雪も、路上から消え、久しぶりの快晴となった。

指定を買って乗った列車は空いている。座席は進行方向に向かって左側、列車はほぼ西に向かうのだから、窓からの景色は南側ということになる。いつものように私が窓側、夫が通路側へ座る。ブラインドをいっぱいに開けると眩しすぎるほどの光の束が、走り去る家や木々の間から飛び込んでくる。

磨き上げられたような晴天の下に山並みが大きく見え始める頃には、線路沿いに残る雪の量も増えてきた。

塩山を出発すると、列車はいよいよ甲府盆地に入ってゆく。葡萄畑はまだ冬枯れのさまだが、地面から立ち上る春の気配に今にもほぐれそうだ。盆地を囲んでパノラマのように広がる山々は藍色に連なり、やがてその左前方に、そこだけ真っ白に雪をいただいた嶺が見えてくる。独特の傾斜と角度を保ち、すぐにそれが甲斐駒であるとわかる。

「今日は完璧に見えるね」と夫。

甲斐駒がきれいに見えることは実はなかなかない。今日のように雲一つない晴天でないと、嶺の上の方は雲で覆われてしまう。今までがっかりさせられたことが何度あったことか。今日はどうやら運がいいらしい。何だか嬉しくなる。

甲府を過ぎると、時々手前の山並に隠れることはあっても、甲斐駒は確実にその姿をはっきりと現すようになる。

稜線は、ごつごつと屈折しているがそれでいて立ち姿は力強くさわやかだ。地の底から突き上げる衝動のような力が噴出し、そのまま形を定めたような、ダイナミックで力感溢れる山容。この山に魅せられ、描きに来る画家が多いということも納得できる。


二〇〇二年十一月、八十歳の父は甲斐駒を描くためにこの地を訪れている。何度も通い、通い慣れた土地であった。

いつもは写生旅行に行くと、二泊したり、三泊したりするのに、その時は一泊だけで帰ってきた。「体調が良くなかったから帰ってきた」とだけ言っていた。年だから仕方がないのかな、と周りも深く考えはしなかった。

しかし、結局それは父の最後の写生旅行となる。その十二月、急性の肺炎で入院した父は、肺気腫の悪化と、気胸のために半年の間病み、そして世を去った。それまでの老人健診ではいつもどこも悪いところはなく、本人も周りも、うんと長生きが出来るような気がしていたのに。

その最後の写生旅行で描いた甲斐駒の画が残っている。パステルによる一枚。甲斐駒に寄せる雲が流れながら、山の姿を覗かせる一瞬を描いたものだ。冬枯れの山麓と、雲の間に覗く淡い青空、そして甲斐駒の稜線が確かにつながり、その存在感を見る者に伝える。

あの時、この山に向き、格闘し、ああ疲れた、沸き上がる力が足らん、もっと描きたいのに、と自身の限界を悟ったのだろうか。そう思ったとき、急に熱いものが鼻の奥にこみ上げてきた。(パパが死んでもう六年半も経とうとしているのに。)思いがけず襲ってきた感情に驚きながら、私は窓の方に向き、近づいてくる甲斐駒から目をそらさない。

やがて日野春駅を過ぎたところで、山の全貌が完璧に見える場所を列車は一瞬のうちに通過し、それから角度を変えつつ次第に視野から遠ざかる。

セザンヌのサンヴィクトワール。脈絡もなく突然思った。画家が愛し、繰り返し描く山。飽くことなく、何枚も描き、それで満足することなく、また描きに行き、そしていつか命の日数の方が尽きてしまう。父にとってそれが甲斐駒だった。気に入りの場所に腰を下ろし、道具を広げて描くとき、喜びはきっとその胸に満ちていたね…。訳もなくそう思えた。
夫がトイレに立った。私はハンカチを取り出し涙を拭う。

（旅笛1号　2010／11）

観るとは

画家の父と歌人の母に育てられた。芸術面での英才教育を受けたと想像される方もいるらしい。が、実際は違う。良く言えばマイペースな生き方だけは血筋として受け継いでいる。
しかし、美術作品を鑑賞することは好きだ。そうした機会に思い出すことがふたつある。それは、多分両親が私に施した教育と言えばそう呼べるものであろう。

まだ私が十代の頃のこと。ゴッホのある花の絵を日本のある財団が購入した。億の金額が支払われたことも新聞等で知らされている。その絵が公開されるとすぐに父は出かけていった。洋画家の父にとって、ゴッホ、セザンヌは単なる過去の巨匠ではない。

今も学び続ける師匠のような存在であり、愛着は深い。

帰ってきた父が、リビングで母と話している。入ってきた私の顔を見て、父は言った。「エミちゃん（私の名前）、ありゃ贋物じゃ。」ゴッホの絵のことである。私は「へえー」と思った。その絵のために支払われたお金や、それを見るために黒山の人が集まっていることがニュースにもなっている。どうしてそう思ったの？ と、訊ねたのだろうか。記憶が定かでない。訊いたとしても、どうしてそうなのか分かるような説明が聞けたとは思わない。とにかくあんなものが本物であるはずがない、ゴッホにも傑作と駄作はあるが、それとも違う。とにかく贋物は贋物だ、という論理性のない直感に基づく説明であったろう。

二つ目。私はもう大人になっている。母とある美術館の中を歩いている。主に日本や東洋の美術品が多く集められた巨大な美術館の中に、西洋絵画の部屋もあった。その一室に入り、レンブラントの絵の前に私達は立った。レンブラント独特の、影の中に光を纏う人物像、である。しばらくその前に立って眺めてから、母は私の方を見て、声を潜めるようにこう言った。「これはね、よくないよ。」私はこの時も「へえー」と思った。レンブラントが？ よくないって？ 驚いて私はその絵を眺める。確かに、光と影という技法を駆使して描かれた人物ではあるが、姿や表情に生気がない。泣いているような笑っているような、光から闇へと今にも消え入りそうな顔。いや、闇ではなくこれはただの黒塗りかも知れない。そういうこと？ 私はもう歩きはじめている母をあわてて追いかける。

その時も、どうして？ という会話はなかったと記憶する。しかし、その年齢の私には何となく理解できた。母の言葉は、西洋美術の展示の室にレンブラントが一枚あれば、作品の質はどうであれ、それが美術館の箔になる、との考えに基づいて買い求めたであろう美術館経営の体質をも見抜いていた。そして、その瞬間まで私も、レンブラントにもよい作品とよくない作品があるとは考えず、世間一般に流通しているその名前を見て作品の前に立つだけで鑑賞が終わったと考える大衆の一人であった。

この二つのことは忘れがたいこととして記憶に残っている。作品を前にしたとき、それが本物か偽物か、優れた作品かそうでないか、を判断するのは自分自身でしかない。誰かの、評論家の、或いはマスコミの、或いは教科書の評価をもって観るべきではない。

真偽を見極める目は、自らが持たなくてはならない。どれほど描くても、その力は誰もが持っていて、鍛えればそれは確かな力になる。直感やひらめきというものは、ひどくプリミティブな能力と思われがちだが、実際はそうではない。その人の中に蓄積されたものが、ある瞬間に直感や閃きというかたちで発露する。

ぼんやりと私の中に形作られたその思いは、この年齢になってやっとこのような言葉をとるようになった。

絵を描くことを、そして歌を詠むことを「職業」とする両親に育てられる子供は、あらゆる面で他の家庭とは違うことを経験せざるを得なかった。一番の記憶は生活の貧しさである。家庭の中では貧しさも気にならなかったが友人やクラスメイトと比較するときそれは際立つ。新しくてきれいな服や流行の物が欲しかったし、成人式の着物もうらやましかった。世間並みのことをしてほしかった。親の信念に反して凡庸な子供だったのだ。今も凡庸なままだ。でも、少しずつ何かが変わってきているように思う。二人ともいなくなったけれど、このことを思うとき、もう寂しくはない。

（旅笛3号　2011／11）

アル・アンダルス――旧都にて

二月十五日（金）。朝九時にカルモナのパラドールを出発する。今日は、カルモナからエシハという町に立ち寄り、それからコルドバへ向かう。空は快晴だ。

スペイン、アンダルシアを巡る旅の八日目。コルドバの訪問は今回の旅の後半のハイライトと自ら位置づけている。

四年前の、最初のスペイン旅行の時に訪ねたグラナダの感動は胸に深く刻まれている。イベリア半島における、イスラム勢力とキリスト教徒との七百年に及ぶ戦いの末、一四九二年にレコンキスタ（国土回復運動）は完了する。その最後の砦となった、ナスル朝の王城がアルハンブラ宮殿である。無血開城を決意したナスル朝最後の王が、宮殿の鍵をカトリック両王イザベルとフェルナンドに手渡し去って行くとき、峠からこの宮殿を振り返り、涙したと伝えられる美しい宮殿。シエラ・ネバダ山から引き込み、湛えられた水が、光と楽を奏でるようなパティオ。アラベスク文様のタイル。アーチ型の柱の作り出す神秘的な空間。私の中に、それまでになかった美への価値観が誕生した時、とも言えるだろう。

アーチに続く丸天井の複雑な装飾は寸分違わずに構成され、完結している。イスラムの人達が建築にいかに優れた頭脳と美意識を持っていたかが窺える。また、空間を象るタイルの文様は、偶像を禁じるイスラムの教義に基づき、地の植物、天の星などを様式化したものである。ブルーを基調とした色彩と意匠の繊細な美しさが遙かな界へと心を誘った。

それから、イスラム様式の建築と内装を訪ねる旅が始まったと言ってもいい。トルコ、イスタンブールへの二度の訪問。

スペインへの今回の三度目の旅も、スペインに残るイスラムの様式を訪ねることが大きな目的だ。

後ウマイヤ朝の首都であったコルドバ。グアダルキビル川（偉大なる川）のほとりに立つアル・アンダルス（イベリア半島におけるイスラム）の旧都。大西洋からカディスを経てコルドバまで川を上ってくる商船が繁栄をもたらした。最も栄えた時代には百万の人が住んでいたという。

新市街の通りでバスを降り、城門を潜って旧市街に入り、ユダヤ人街を抜けてメスキータに向かう。写真で、ガイドブックで何度も見て、一度は行ってみようと思っていた場所である。赤とベージュ色の二重アーチを支える柱の林立する建物内部の写真、と言えば「ああ」と思う人も多いだろう。

「メスキータ」とは「モスク」のこと、イスラムの礼拝堂である。いや、「であった。」が今は正しい。コルドバにおけるレコンキスタは、グラナダのそれよりも二百年以上早い一二三六年であり、その後はキリスト教（カトリック）の礼拝堂を中央に設けるために改築されている。

オレンジの木の植えられている中庭を通り、メスキータの中に入る。写真の通りの、いや、むろんそれよりもずっと大きく、深い森のような柱の列の中に迷い込んだ感覚がある。歩いても歩いても続くアーチの彩りの連続性。最初の建物に拡張に拡張を加え、往時、柱は千四百本もあったという。

夢中でシャッターを切りながら、何か微妙な違和感が胸に湧いてきていた。最初の感覚は、撮った写真が「暗いな」と感じたことだった。天井の装飾を撮ってみたが、暗く何を写したか分からない映像になってしまった。写真がうまく撮れないという齟齬の感じがやがて明確な思いに至る。つまり、「この建築に似つかわしい光がここには足りない！」と。

レコンキスタのあと、メスキータはカトリックの教会として改築されたが、その時にこの建築の東西の入り口を木で塞いでしまった。そこは開かれることのない、厚く重たい扉となった。入場する前にその説明を聞きながら、中庭に面した外壁に幾つも並ぶ、アーチ型の木の扉を眺めたのだった。ここはかつては吹き抜けの空間として建築され、人も、光も、風も、自由に行き来する場所だった。人は、今はオレンジの木が植えられている中庭で身を清め（そこには水が引かれ水盤があったはずで）、それから、このメスキータの中に、光や風と一緒に入っていき、ミフラーブ（メッカに向いた礼拝所）の前で祈りを捧げたのだ。夏は灼熱の暑さとなるアンダルシアであるが、この石柱の森の中はひんやりと涼しかったろう。赤とベージュ色で組み合わされたアーチとそれを支える大理石の柱が、照りつける光を遮る心地よい影を幾重にも作り出していたことだろう。

　そのことに思いを馳せたとき、今このメスキータの中を満たしている空気が、淀んだ重苦しいものに思え、光が塞がれた暗さが、言いようのない陰惨なものに感じられた。失望が、はっきりとした意識となり、私はメスキータを出た。

　コルドバの街を散策した後、グワダルキビル川にかかるローマ橋を渡り、対岸となる旧市街にメスキータを振り返った。キリスト教の礼拝堂が設けられた中央部が高い建物となっていて、その中央に、さらに高い塔が見える。カテドラルの中心部分だ。その上の空は雲一つない。日本人の常識を越えた濃い青空だ。二月だというのに汗ばむほど日差しが強い。

　強烈な光は、それに相応しい影を生む。その影の内包している複雑な闇のことを思った。それはスペイン人の血に流れる独特の闇であろうが、同時に歴史の抱える闇でもある。四百年前、このグワダルキビル川のもう少し下流の街セビージャに辿り着いた慶長使節団の伊達藩士支倉常長一行、そして彼らを熱烈な信仰で先導したセビージャ生まれの修道士ルイス・ソテロのことを、私はその闇の揺曳の中に描いていた。

（旅笛6号　2013／5）

フローラ・ダ・ニカ

二〇一一年五月発行の旅笛二号に、「三月十一日のこと」という一文を載せた。その日の経験を記録として書いた文章だ。被災した方々に比べれば取るに足りない経験であるが、私はその日、池袋のデパートの七階で、午後二時四十六分を迎えた。揺れが収まってからすぐに家に帰ろうとしたが、電車が動かなかったため、結局十一駅、距離にして約二十キロを歩いて帰った。帰宅困難者は無理をせず、その場にとどまった方が良いという検証番組がずっと後に放映された。

その日から四年が過ぎた。

今年、二〇一五年三月十一日午後、西武池袋線の家の最寄り駅保谷から池袋方面の電車に乗り、三駅目で降りて、家の方角へ歩いた。かの日の距離に比べ、ほんの短い距離であるが、その日を追体験するため、との思いがあった。

かの日は、午後四時に池袋を出発しているので、家に近いこの辺りに来た頃にはもうすっかり日が暮れていた。この度は、二時頃に家を出発、歩き始めが二時半頃、陽気も良く、温かく明るい空のもとを歩くことになった。それだけではない、歳月の流れたことを感じさせる幾つかの変化がある。石神井公園駅の周りは駅前の再開発により、現在まだ工事中の部分もあるが、風景がずいぶんと変わった。当日、暗い林の中を横切った石神井公園も、隣接していた旧日銀グラウンドが区に委託されて新しい庭園となり、開放的になった。また災害時の仮設トイレのための設備等が新しく設けられている。しかし、歩きながら、「あの日の感覚と擦れている今日の現実」ということを幾度も思った。正確に言うと、あの日、歩いているときにはまだ情報がなく、知り得ない多くのことがあったが、それらを知った上で、あの時期に感じたこととの「擦れ」と言える。東北を襲った津波の被害と、原発事故を知った直後に感じていた未来、願った未来に、現在の自分が居ない。それとは何か別のところをうろうろと迂回しているような感じ、とでも言えば良いのか。

「歴史という大海を進んできた日本という船が、いったんエンジンを停止させた。

このあとゆっくりと旋回を始めるだろう。」

これは、旅笛二号「三月十一日のこと」の中に私が書いた文章だ。その時私は、痛切に日本という国のエネルギー政策の転換を願っていた。そして、この震災という出来事は、その方向へ進むための啓示のように感じていた。多くの犠牲が払われたが、生き残ったものの使命も又それであると。

しかし、四年の歳月がただ浪費されたことへの、言いようのない感情が湧いてくる。節電のために、あの時期、駅や地下街や電車の中が暗かったが、節約を忘れた今日よりずっとましな日々だった。そんなやり場のない思いを抱えながら、私はその日の散歩を終えた。

では私は何をなすべきか？という問いに立ち会わなければならない。細くかすかな呼び声がする。詩という、短歌というかすかな水の流れから。細い流れではあるが、時間の淘汰の中を生き抜いてきた短詩型文学という水の流れ。源を辿れば幾万いや幾億の人が悲しみ、喜びを汲んできた器。この流れの音に耳を澄まし、源への道を辿って行きたい。

この四年間は世界がめまぐるしく変動する時間でもあった。世界の様相を思うならば、十年前とはあまりにも違う現在の日々ではないだろうか。自分の詠んできた短歌を振り返っても、二〇一一年三月十一日以前と以後とでは大きな違いがある。そもそも私は時事詠や社会詠をほとんど詠まなかった。私の短歌は、身の周りのこと、親しい方への挽歌、自然、美術や音楽に関するもの、旅の印象等が中心であった。短歌は一人称の文学であり、それゆえ時には内向きの世相を反映する評されることもある。私自身は、優れた芸術作品に触れることを通して、それらが与えてくれる幸福感（だけではないが）をテーマとして詠むことが多かった。私は触覚を伸ばすようにしてそれらに触れ、その感覚を詠んだ。その時代にあって、それはそれで良かったのかもしれない。しかし今は違う。私にとって、短歌という営みは、苦しみながら何とか世界を感知し、つかみ取ろうとする行為になりつつある。旅や自然や芸術から得られる具体はそのための入口である。

三・一一は、私自身が意識する以上に私を変えた。実際のところ私は震災をテーマとして多くの歌を詠んだわけではないし、被災地を積極的に訪れたわけでもない。むしろ、じっと動かなかったが、何かが鋭敏になり剝き出しになっている。世界で起こる様々な事件、歴史を変えるような出来事、急激な転変はこの先私たちをどこへ導くのだろうか。不安や怖れもあるが、短歌という器は、弱そうに見えて強靱であり、この時代を生きる私たちを受け入れて余りある器だ。迷うことなく、この時代と向き合い、知力の限りを尽くして詠んで行きたい。それが私のすべき事だ。

二〇一一年三月十一日、地震の起こる少し前に、私は食器売場でロイヤル・コペンハーゲン窯の「フローラ・ダ・ニカ」の皿を鑑賞していた。植物の意匠が、淡いベージュ色の地に描かれ、縁にはレース模様の施された美しい皿。地震のあと、すぐにその皿を見に戻った。途中の床にカップや皿が散らばっている。フローラ・ダ・ニカは、何事もなかったかのように皿立てに静止し、硬質の輝きを放っていた。毀れることのなかった磁器の皿が、その日私を勇気づけた。

（旅笛12号　2015／5）

デカダンだなあ

今年の芥川賞にお笑い芸人又吉直樹の小説『火花』が選ばれ、その又吉直樹が自分は太宰治のファンであるとよく語っているために、書店で太宰治の本を求める若い人が増えているのだという。また、最近であるが、太宰治が第二回芥川賞を自分に与えて欲しいと泣訴する佐藤春夫宛の手紙が見つかって話題になった。これは何と四メートルもある巻紙に毛筆で認められていると言う。しかし、これは太宰であればいかにもありそうなことだ。

第二回芥川賞は該当者なしで終っているが、太宰は第一回芥川賞の候補にもなっている。その時の受賞が石川達三の『蒼茫』であった。私が大学生の時、(文学部の学生であった)日本近代文学の授業で小田切進教授が、第一回芥川賞で太宰が賞を取れず、受賞したのが『蒼茫』であるから、これを読んでおくようにと言われた。それで私は『蒼茫』を買ってきて読んだ。しかし、当時の私は教授の「読んでおくように」と言う言葉の真意を恐らく理解していない。

あれから何十年を経た今なら分かることがある。『蒼茫』は確かに発表当時として、ブラジル移民を直接取材した意欲作ではある。石川達三を作家として否定する気もない。栄誉ある第一回芥川賞作家として、その後文壇でも確かな地位を築いている。ただ、私が大学生の時読んだ彼のこの作品を、繰り返し読むことはなかった。太宰の作品はあれから何度繰り返して読んだことだろう。そして何十年を経た今でも面白い。また読みたいと思う。

一昨年、長年の念願叶って津軽地方へ旅行したときは『津軽』の文庫本を携えた。五所川原、金木、弘前への夢のような旅行。その時詠んだ一連三十首を旅笛七号に載せたが、それを読んだ友人がこう言った。「角倉さんて太宰が本当に好きなのね」。少し横道に逸れるが、太宰の作品の中で異色と言われる『津軽』が私はとても好きだ。最初の頁の「津軽の雪」の「こな雪　つぶ雪　わた雪　みず雪　かた雪　ざらめ雪　こおり雪」の記載を目にしただけでぼおっとなる。

若い日に出会い、今も変わらず愛している小説家を挙げるとしたら、まず太宰である。近代文学の巨きな星として夏目漱石、森鷗外、永井荷風、谷崎潤一郎、そして芥川龍之介がいる。それぞれに面白い。しかし、私にとって彼らの本を読むことは、太宰に親しむ心とはいくぶん異なる。

賞のことにもう少し触れておこう。芥川賞の発表は太宰にとって失意に追い打ちをかけた。なぜ、彼は賞に届かなかったのか？　それにもかかわらず、彼はこの賞を欲しがったのか？　諸説がある。太宰はもう当時として「新人作家」ではなかった、という説。いやいや、早熟とはいえ、第一回芥川賞当時太宰はまだ二十六歳である。それよりは、そのとき、選考委員の川端康成が「目下生活に厭な雲ありて」と語ったことに象徴される、彼の破滅的な生き方が原因ではないだろうか？つまり、文学の賞であっても私生活が問題にされた。嗚呼、よくあることだ。しかし、太宰自身はこの賞が欲しかった。やはり、少年時代から憧れであった芥川龍之介の名を冠した賞が欲しかったのだ。そして、文壇の寵児としてもてはやされたかった。今、私は彼のその人間臭さも含めて、笑う気にはなれない。

私の父は、画家としての生涯を過ごした。青春期が戦争と重なった父は終戦と同時にシベリアに捕虜として抑留され、強制労働の日々を過ごし、三年を経て生還した。そして画学生であったことを貫き、画家となったが、戦後の窮乏の時期に妻と一緒にキリスト教に入信している。そこには生活者としての現実的な飢え、自らの剝き出しのエゴイズムとの葛藤があったと考えられるが、自分たちを戦場へと送り出した日本という自国への不信と絶望がその背景として大きくあったのではないかと私は思う。父はキリスト者の画家として、信仰を生活の中心に据えて創作に励んだ。そんな父であったが、時々、頽廃的な芸術家のことが話題になると、その人を評して笑みを浮かべ「デカダンだなあ」と言うことがあった。その言葉に含まれるものは否定とは言いがたい。デカダンスを貫ける事への半ば羨望と、芸術に携る者としての共感が、どこか愉しげな言いようの中に感じられた。彼らは信仰者と対極にあるかのようだが、実はそうではなかったらしい。

太宰は賞には恵まれなかったが、文学者として稀に見る天才であった。彼の作品の多くは口述を妻が筆記したものであったが、完成されたストーリーとそれを構築する文章を淀みなく何時間も語ったという。痺れるほどの才能の持ち主であったが、結局はその才能をもてあまし、どう生きていいのかに苦悩し、自ら破滅を選んでしまった。

しかし、人間は誰しもが虚無の淵を抱えている。それを正面から見据えるか否かの問題なのだと思う。太宰の作品はそうした人間存在の根源と向き合い、問い詰めた。だから時代が変わっても古びることがない。そこに太宰の文学の普遍性がある。時代は彼を評価することが出来なかった。それが、人が選考をする賞というものの限界でもある。それは、その後のあまたの芥川賞作家を見ればよく分かる。太宰を超える程の天才が、歴代の受賞者の中に見当たらないという皮肉な現実。そう思うのは私だけだろうか？

虚無という暗い淵で溺死してしまった殉教者太宰。しかし、いつも身近にいるかのような親しさ。

デカダンだなあ。私も呟いてみる。

（旅笛14号　2015／11）

エル・グレコ——時代の放浪者

エル・グレコ。十六世紀から十七世紀初頭を生きたギリシャ人の画家。美術史上でいうと、ルネッサンスが円熟期をやや過ぎた頃に現れ活躍をした。おもな活動場所はイタリア、スペインであった。その地での彼の呼び名がエル・グレコ。たんに「ギリシャ人」と言う意味である。

彼の作品の実物に私が最初に出会ったのは、倉敷の大原美術館だ。三十年近く昔のことになる。『受胎告知』の名の、よく知られた絵である。残念ながらこの絵の印象はほとんどない。いや、あるにはある。どちらかというとマイナスの印象として。人物（マリアと大天使ガブリエル）の表情が漫画チックで芝居がかっているのに加えて、構図に見られるマニエリスム（誇張の多い技巧的様式）からも奇妙な印象を受けた。また、この絵が宗教性の強い絵であることに、クリスチャンの私は反発する思いがあった。その辺のことを説明するには時間がかかるので省略するが、そもそもエル・グレコの絵が宗教性が強いと反発することは今考えるとばかげている。なぜなら、彼は宗教画を描くことを生業としていたのだから。彼は、絵筆を道具として大聖堂等のある都市を渡り歩き、後半生はスペインのトレドに定住し、生涯を終えた。

今から七年前の二〇〇九年四月、私はトレドを歩いている。マドリッドに滞在の宿を取り、美術館に行ったり、街歩きをした。トレドへは鉄道で約三十分、日帰り旅行が可能である。

今振り返ると、この往還は困難の連続であった。当時、スペイン語はもとより、スペインについての知識も少なかった。困難の数々を上げたら切りがない。まず、鉄道のトレド駅がトレド旧市街とは離れていた。ある程度旅慣れた現在ならば、鉄道の駅と旧市街との関係を事前に疑って調べることは当たり前なのだが。とにかくその時の感覚としては、銀座や浅草のように駅が街と直結しているはずと思っていた。ゆえに駅を降りたところから困難は始まる。トレド旧市街にどうやって辿りつく？　でも、とにかくも辿り着き、歩き回った。トレドの代名詞であり、レコンキスタの象徴である大聖堂は圧倒的な壮大さで見る者を威圧した。

トレドに行って、忘れられない印象となったことを述べたい。エル・グレコの『オルガス伯爵の埋葬』の絵があるサント・トメ教会を探し、見つけ、中に入ったこと。

今、画集やネットでもこの絵を閲覧することは出来る。しかし、それらのどれも実際に私が見たものとは違う。この絵を写した写真が決定的に真実を伝えていないと言う意味で。

上部がアーチ型になったこの絵は、下半分には埋葬されるオルガス伯爵と彼を抱える二人の聖人、さらにそれを取り囲む埋葬の人々が描かれ、上半分はキリストと母マリア、バプテスマのヨハネを中心に天使や聖人達が描かれている。

下半分は現世を表しており、この部分の筆致はかなり緻密だ。甲冑を着て抱えられているオルガス伯爵は美しい壮年の騎士で、不慮の死であったのか、まるで眠っているようだ。取り囲む黒い服、白い立襟の人物群の中には、いつもそうであるようにエル・グレコ本人が描かれている。

アーチ型の上半分は天上界を表し、キリストを中心に左に母マリア、右にバプテスマのヨハネが描かれている。彼らに対する筆致はそれほど緻密ではない。雲が、三人を取り囲み、さらに下にいる現世の人々に降りかかるように描かれている。この雲の色合は、水色を基調に、光の注ぐ部分は淡い黄色を帯びている。たなびく雲が光を帯びるときの微妙な変化が繊細な筆で描かれる。この雲の色調と躍動感が、下の部分の静謐さと相俟って調和し、絵の世界が完結する。

絵の前に立っていると、絵の中の現世よりもさらなる俗世にいる私も、水色の空気に包まれてしまう。静かで透明な悲しみに満たされるが、この悲しみが情念の悲しみとは異なる、安らかさと慰めの凌駕したものであることを感じる。

これこそが私とエル・グレコとの出会いであった。同行者との会話は「きれいだね」「ああ、きれいだね……」、それ位だったと思う。それはエル・グレコが色彩の画家であることを知った瞬間でもあった。画面に塗られた色彩が、画面の中にとどまらず、あふれ出て、空気を浸している。厳粛な悲しみのブルー、光のさざ波がもたらす淡い黄の明るさと共に。

雲をなびかせるやわらかい風の中にどの位の時間が過ぎたろう。ふと気付いて、私はその場を後にした。

真に佳き芸術がもたらしてくれる感情に、私は打ちのめされていた。しかし、この敗北感の何と心地よいことか。こうした体験こそが創作への活力、喜びを与えてくれる。エル・グレコ、たんに「ギリシャ人」と呼ばれ、時代の放浪者だった画家の渾身の大作。

エル・グレコのこの絵がなぜこれ程に感動を与えてくれるのか?大聖堂の壁に掲げられた聖書のストーリーの絵より遥かに素晴らしい。不遜ながら勝手な感想を述べさせてもらおう。それは現世を描くことで、彼が何かから解放されたから。もし画家と出会うことが出来たなら、訊いてみたい。

サント・トメ教会併設の、この一枚だけのためのギャラリーは訪れる人も少なく、空いていた。そして入場料は二、三ユーロ、日本円にすると三百円程度である。こんな絵が、こんな入場料で、誰にも邪魔されずゆっくりと鑑賞することが出来る。トレドまで行けば!

（旅笛17号　2016／8）

輪くぐりとお米

　五月の日曜日の朝、私は自転車で吉祥寺へ向かっていた。家から吉祥寺までは約五キロ、北から南へ向かう道である。五日市街道を渡ると吉祥寺の繁華街も近い。天気はよく、暑すぎもせず、さわやかな午前中であった。両側は住宅地で、その途中に教会がある。その前を通過したときのこと。向かって左側の垣の繁みから雀が勢いよく飛び出してきた。道を渡ろうとしたらしい彼は自転車に気付いたに違いないが、そのまま突っ込んできた。ぶつかると思った瞬間、雀は私の自転車の後輪に飛び込んでいた。「あっ、えっ？」次に私が目にしたのは右側の繁みの中に羽ばたきながら着地する雀の影であった。びっくりするとはまさにこういうことを言うのだろう。つまり、雀は私の自転車の後輪をくぐり抜けた。信じられないことだが、自転車ですぐ後ろから走っていた夫が目の前でこれを見ている。何という曲芸！自転車はもちろん走行中で車輪は回転している。ひどくスピードを出していたわけではなく、住宅地を比較的安全な速度で走ってはいた。それにしても、走っている自転車の輪をくぐり抜けるとは！

　その道は、吉祥寺へ自転車で行くときの通り道なので、それからもう何遍も通っている。そこを通りながら、雀の声を聞く度に思い出す。そのあたりはよく雀の声のする場所なのだ。道を横断する雀もいる。春から夏にかけての子育ての季節などとくに危なっかしい飛び方をする雀がいる。頼むから気をつけてね。びっくりさせないでね。私は心の中で呼びかける。思うに、あの雀もきっと子雀だったのだろう。往来を渡るのに、世慣れた雀ならもう少し気をつけるはずだ。あれはまだ世間知らずの子雀ならではの行動にちがいない。小さく柔らかい体だったからこその曲芸でもあったのだろう。

いかにも勇敢な雀の話であるが、彼らは望んで向こう見ずの行動をするわけではない。むしろ普段は臆病といっていいほど慎重でもある。

家の庭によく来る雀たちは、もっぱらパン食だった。というよりパンを与えていた。彼らにもわずかばかりの食費はかかっており、サンドイッチ屋さんが安く売る食パンの耳などをたくさん手に入れてきて、それを少しずつ細かくちぎって与えている。庭に来る他の鳥たちが、例えば目白が八手の花を食べたり、林檎やみかんなどの果物を喜んだり、また四十雀がパンを素早く盗み食うように口に入れたかと思うと、木の幹に上って虫を食べているらしい仕草を見せたり、はたまた鵯が木の実を食い散らしたり、臘梅や辛夷の花の蕾を食いちぎったりするような食性はなく、昔五穀の敵、と言われたように現在ではパンのような炭水化物ばかりを、どの季節も変わりなくたんたんと食べているように見える。

最近、彼らが実はパンより米を好むことを私は知った。きっかけはこうである。家の中の片付けをしていたとき、隣の家（旧杉本宅）の床下収納から一袋のお米が出てきた。これは緊急時の備蓄米のつもりで仕舞っておいたが長いこと忘れられたものであった。古いというだけで虫が喰っていたりはしなかったので、これを雀たちにやることにした。彼らの食卓である餌台（古くなった俎板を活用）の上には小さな皿が二つあり、その一つにパンを、もうひとつに米を入れた。

さて、この日常と違う事態が発生したときにまず彼らがどういう行動をとるかということである。餌台から少し離れた庭の隅に木斛の木があり、この常緑の繁みが彼らのかっこうの隠れ場所になっている。と言うか、まあ、隠れているつもりだ。人が窓に近づいたり、二階の窓をガラッと開けたりすると、繁みの中で動いたり、微かな気配をさせるのでそこにいることはわかる。餌台の様子が変わってからというもの、この木斛の木までは来るのに、餌台には下りてこようとしない。いつもと違うことに対して彼らはとても慎重になる。餌台の片方の皿にパンはあるが、もう片方には小さな白いつぶつぶの（彼らにとって）見たことのない物、つまりお米が沢山載せられている。この奇妙な変化をじっと見下ろして、もうパンの方を食べることもしなくなった。

お米を毒だとでも思って怖がっているのかしら、さてどうしたものか。と言ってもほったらかしたのである。二日ほどかかったであろうか。慎重に慎重を重ねながら、われわれの見ていない隙に誰かがお米を食べてみたらしい！

それからが意外と早いのである。というより、彼らはすっかりお米党になってしまった。四〜五日もたった頃には、米のお皿にばかり群がるようになり、今まであれほどねだっていた（かのように見えた）パンには見向きもしないようになった。小さな皿は三羽が一緒に食べるのがせいぜいの大きさなので、四羽目はなかなか下りることが出来ず、我慢できなくなって空中をホバリングしたりする。それでも折々交代しながら仲良く皿を囲んでいる（かのように見える）。

彼らが米を好むのは、やはり日本の雀だからだろうか？昔は五穀の敵と言われ、糊を舐めた罰として舌を切られたり、はたまた京都は伏見のお稲荷さんあたりでは、スズメ焼きなどにして門前の名物として売っているくらいである。

いやいや、うちの雀たちはきっと北原白秋先生が葛飾で貧乏のどん底にいらした時に、米櫃の底をさらってお米をあげていらっしゃった、そのお米を食べた雀たちの子孫に違いない、だから…、などと心の中で勝手な創作をしている。

（旅笛15号 2016／2）

私の白秋・私の愛誦歌

君かへす朝の舗石《しきいし》さくさくと雪よ林檎の香のごとくふれ

米櫃に米のかすかに音するは白玉のごとはかなかりけり

雀のみ住みてささ啼く雀の巣卵守《も》るとは人に知らゆな

白秋系短歌結社「長風」に入会した私にとって、白秋は曽祖父とも言える存在であった。私の師杉本清子の師は鈴木幸輔、鈴木幸輔の師は白秋である。「君かへす朝の舗石さくさくと雪よ林檎の香のごとくふれ」のオノマトペ「さくさく」と、降る雪を「林檎の香」に譬えた比喩の美しさに心酔した。短歌という短い表現が産み出す、映像にも似る世界は清らかで美しく、それでいて背徳の匂いがする。

しかし、この世界だけならば曽祖父のことを尊敬はしてもどこか遠い存在でしかなかっただろう。この距離感がぐんと狭まったのは、後に編まれる歌集『雀の巣』、随筆集『雀の生活』による。私が家の庭に来る雀を愛するようになったのはいつからか。窓越しの、その仕草一つ一つに感じ入っているとき、曽祖父は私の傍らに静かに微笑んでいる。窮乏のさなかに米櫃をさらい、寄り来る雀をじっと待っていた、その哀しい歓びの籠もった眼差しで。

（「現代短歌」二〇一五年二月号）

解説

『テレマンの笛』跋
「生」の気持ちよさ

小池　光

結婚式の仲人挨拶のように、新郎新婦の紹介（といっても新婦しかいないが）がここでの役目だろうが、わたしはそれをほとんどなにも知らないのである。しかし、このこの上なく素直で透明な作品群について、なにをことさらの作者紹介や作品解説が要るだろう。読む人はただそれぞれにページを開き、それぞれに一首と出合うだけで、きっと十分な鑑賞と享受は果たされる。どう書いてもわたしの作文は、歌集のピュリティをよごす、無益な夾雑物を出られない。少しばかり早く歌集を読んだ一読者として、いささかの感想を述べておくこととしよう。

この歌集の歌はそれぞれに澄んで明るく、意味がすっきり通り、難渋なもの、解釈に苦しむようなものはおそらく一首もない。それはなにより、平穏で、清潔で、気持ちのいい「生」のあり様の、ごく素直な反映であるようにみえる。「生」を彩るさまざまのアクセサリーが、いまや虚飾としてではなく「生」の一部分あるいは「生」の実体そのものとして、ごく自然に受け入れられ、享受される。やわらかく、シンプルで快適な気分に、いかにも現代の風景が感じられる。

清潔で気持ちのいい「生」の環境、それをさらにも清潔で気持ちのいいものに高めるものは音楽であり、アートである。あるいは洗練された飲食である。また快適なホテルを巡る旅行である。そして恋人がおり、結婚生活がある。歌は多く、そういう場所から発信される。歌は気持ちのいい「生」をさらにグレード・アップするＢＧＭのようでもあり、あるいは逆に、快適な環境が歌のＢＧＭのようでもある。

草色のセーター冬の木の椅子にふんわりとい
て聴くサンサーンス

「白鳥」のするする滑る水のうえ行きつつ軽きわたくしとなる

まず音楽の歌。聴覚を失ったベートーベンの悲劇にもっぱら人生求道の具現を見、「いかに生くべきか」の問いを重ねることが、長いあいだ日本人にとって深刻、高尚なクラシック音楽のイメージだった。ベートーベンに代わってバッハが、バロック音楽が、生活のBGMのように聴かれはじめるのは、わたしの学生時代のころからで、そのあたりから日本社会は構造的に変わりはじめる。この作者はむろんその後の世代の人である。気持ちよい音楽が好きで、ただ好きだから、サン・サーンスの小品もブルックナーの壮大な交響曲も同じように素直に愛せる。音楽に対して音楽以上の余計な思い入れがない。ないことを「軽い」といえば、いかにも軽い。でも、モーツアルトのカルテットを聴くために十里の道を馬車を走らせたスタンダールだって、おそらくこんな気持ちだった。

透明なデュフィの海よ白き帆よ壁つつぬけに潮風の来る
バーナード・リーチの皿の鶴一羽水平にゆく陶のしずけさ

次はアートの歌。音楽でベートーベンが占めた位置を、画家ではヴァン・ゴッホが占めた。でも作者はラウル・デュフィを愛する。わたしもデュフィが大好きで、美術館の壁からいちばん盗んできたくなるのはデュフィの水彩画である。明るく、透明でしかし信じられないほどふかい、あの海の青。「壁つつぬけに」という感覚がいかにも的確で、デュフィの海が彷彿とする。次の歌も重厚で質朴な質量感が出ていて、民芸派の大皿が目の前にあるようである。ただ「水平にゆく」はちょっと工夫が足りなかったかも知れない。

アートに対するこういうセンシティブな感性が、きれいな色彩の渦となって、歌集のいたるところに顔を出す。色彩感にあふれた歌集だが、といってもけっしてどぎつくなく、穏やかで、気持ちのいい「生」にどこまでもフィットしたものだ。

畳屋の硝子戸ひらき鶸色の秋こぼれ出す朝の鋪道に

なぜかくもうわのそらなる日曜日麦色の椅子に掛けて礼拝

鴇色の蕾をつつむセロファンごとバスに揺れゆく病院までを

印象的な色彩の歌を引く。鶸色は黄色に近い黄緑だから、畳の色としてふつうならちょっと無理である。しかし、その前にある硝子戸という装置がうまいところで、これを透過した濾過感が、太陽光線に色彩のエッセンスをもたらす。クロード・モネが日本の下町を描いたら、あるいはこんな絵になるかも知れない。

　小麦色はうすい焦げ茶の色。日焼けした肌の色。では短歌でまま見る小麦色ならぬ「麦色」とは、どんな色なんだろうか。実のところわたしは知らない。色の事典を調べたが麦色の名が見い出せない。しかし実際の色と対応できなくても、「麦色」で色彩を感覚できるというのが、ことばの玄妙なところで、それは「麦」のイメージに直結した「色」をおもえばいい。麦色の椅子に掛けていれば、牧師さまの説教に「うわのそら」になるのも無理もない。

　鴇の風切羽の、あの淡いピンク色が鴇色。セロファンにつつまれていっそうあわく、透明感を増す。蕾は実体をうしなって、色彩をのせるかりそめの器になってしまったかのようだ。どの色彩もあざやかだが、強引でなく、うつくしい二十四色の色鉛筆セットをみるようで、少しうっとりする。

満月の夜の私はアナーキーに広場への階段自転車で下る

連翹の咲く日だまりは爆薬のようなイエロゥ空気ゆらめく

プラスチック容器のなかに一ちぎりのパセリ
濡らして蛍を運ぶ

こういう歌はちょっと毛色が変わっている。気持ちいい「生」の様相からいささか逸脱している。凶暴なもの、といってはむろんいいすぎになるが、彼女はただ元気に自転車を走らせているだけではないし、連翹はただきれいに咲いているだけではない。すべすべしたきれいな表層の奥にあるものを微妙に直感しており、たぶん作者はこういう方向にこれからの作歌を進めることを予感させる。最後の歌はなんといっても「蛍を運ぶ」がいい。蛍だって「運ぶ」のである。この動詞の新が蛍の属性に新しい光を与える。

それにしても実にカタカナがたくさん出てくる。何の気負いも感じさせず、ごく自然に、ごくあたりまえの表情をして、カタカナを使わないで一首を成すことの方がよほど無理をしている、とおもわせる。日本語の語彙がかつてない変貌のただ中にあることと、そのことを改めて考えさせる点でも、この一冊は読む人の記憶に残っていいはずである。

以上、ちょっぴり感想を記した。

『テレマンの笛』書評
眠らせてあげようそっと

雨宮雅子

『テレマンの笛』を読んですがすがしいものを感じた。そこにはつきぬけた明るさがあり、読後にふしぎなしずけさを残している。母君の杉本清子さんとは所属がちがっても先輩としておつきあいしてきた。だから第一歌集の作者角倉さんは未知であるのに、まるで久しぶりに会った旧友の娘さんの、素直に品よく育った大人ぶりにおどろき、あらためて親しさを覚えるのに似ている。そこで、一首一首の完成度を問うよりも、歌をつぎつぎに生み出してゆく作者のこころの環境にこそ目をむけたい。この歌集の魅力もまた、そこにあると思うからである。

眠らせてあげようそっと図書館にショパンと
サンドの本を閉じたり

まずひいたのがこの歌。歌集を代表するものとはいえないし、とりわけ秀歌というわけではない。しかし、新人角倉羊子を知るにふさわしい手がかりがそこにある。

この歌は私のとおい日を思い出させた。本もろくに買えなかった時代のことだ。窓の外が暗くなる。チャイムが鳴る。つづきを残して本を閉じて席を立つ。ただそれだけの話だが、いま必要に迫られて図書館に足をむけることがあっても、ささやかながらもう味わうことのできないひとこまだ。それはともかくとして、この歌で貴重になるのは、この恋物語の本にむかって、「眠らせてあげようそっと」とささやく美しい心の持ち主のことばである。

楽器入れに銀貨置きゆく誰彼に微笑みており
媚びるにあらず
起さないで下さいと横文字を掛け置く森のご
とき廊下に
星空の下を歩みて来たる身につきしひかりの

「図書館」の歌の文脈でいえば、作者の内にあることの特質を共通して伝える歌が歌集にはいくつもある。シドニーを訪ねたおりの一連のなかの「楽器入れ」の歌。路傍の人は音楽を奏でているのであって、ただの物乞いではない。ほほえみの表情に「媚びるにあらず」を読みとって作者は自分を安堵させる。「起さないで」の歌では、その標札をドアの外の把手に掛けようとしたとき、ふと森のなかにいるかのように錯覚する。そもそもホテルそのものが森のなかにあったのではないか。言外に、その錯覚の快さまでも伝えている歌だ。

錯覚の快さは「星空の下」の歌にも通じる。はらい落とす「ひかりのくず」が、足下に、明らかにきらきらと散るのである。このように並んだ歌のやさしさをいうならば、そのやさしさはほんものなのかも知れない。甘さというならばその甘さはほんものなのかも知れない。これが作者のこころの環境にかかわるものとなるからである。

額縁も絵の一部として塗られたる奥にルオーの「呪われた王」

角倉さんの暮らしのなかには音楽があり、絵画がある。それはそのまま『テレマンの笛』に構成された歌のかずかずの環境としてある。音楽でいえば、「マーラー」「バルトーク」「サンサーンス」「サティ」など。そして書名も「テレマンの笛」。いっぽう絵画でも、「ゴッホ」「デュフィ」「ユトリロ」「モネ」などが登場する。ともすれば索引的な歌の羅列になりかねないなかで、とくに注目したのがここにひいたルオーの「呪われた王」の歌である。

作者が倉敷の大原美術館を訪ねたとき、対面したルオーの「呪われた王」が額縁にまで絵筆が及んでいるのに着目する。何重もの額縁が王の顔をとりかこむ。内側の額縁は緑色。その外側にわずかに黄色が置かれ、さらにその外側に、王の顔のバックにほどこされた赤色と同じものが散っている。――とは私の手元にある画集での追認だが、「額縁も絵の一部」とうたうことによって、「呪われた王」の深い内面を際立たせたところに作者の手柄がある。

臘梅の匂いてほのかに明るめる庭に来しよりしばらく寡黙
まどろみのような音楽ひびきくる睡蓮の咲く池のおもてを
一生君《ひとよ》を思うと言えるブラームスのソナタ悲しきまでにゆたけし
賛美歌に添いつつチェロののびやかに誰をかか頌むる誰をか癒す

臘梅の明るむゆえに自分に強いるしばしの「沈黙」。ブラームスの人格そのものであるソナタの調べ。そして賛美歌とともに鳴り出るチェロの頌栄と慰藉。この作者の真摯な生き方の根にあるものが、外部に触れるたびに浮かびあがらせることばのかずかずだ。

女人にはあらねどまぎらもなく女人檜彫られてひらくてのひら

もとより佛像に性別があるはずはない。にもかかわらず、佛像に接したときの生ま生ましい「描写」が、多くの書物にさまざまに書き残されてきている。ギリシャの神像に二つの異なった性質の芸術があると指摘したのは、『古寺巡礼』の和辻哲郎だった。二つとは「人の姿から神を造り出した芸術と、神を人の姿の内に現はれしめた芸術」とである。前者は写実から出発して理想に達し、後者は理想から出発して写実を利用するのだという。
こんなことを頭に置いて「古美術」を仰ぐわけではないが、性別の話にもどれば、法隆寺の百済観音は楚々として麗しい処女という印象であり、興福寺の阿修羅像は明らかに清らかで凛々しい美少年と直感する。
ここにひいた角倉さんの歌には、先行して「信仰にあらず鑑賞にもあらず観音立像の前に正座す」の歌がある。「檜」に彫られたものの正体は観音像であるのだろう。ふくよかな肢体の曲線。あでやかな胸のふくらみ。そしてまるみを帯びたてのひら。まさに「女人にはあらねどまぎれもなく女人」だったのである。

女人であるはずがないのにまぎれもなく女人と切りとるこの歌のおもしろさにそそのかされて、こんな風に書いてしまうのも、この歌の魅力の一つとしよう。

バーナード・リーチの皿の鶴一羽水平にゆく
陶のしずけさ
人も草も靡かせ雲の流れゆく空近くして石と
なる牛

鶴をしずかに移動させることによって名工の陶皿にポエジーを見出す歌。頭上をかすめるように走る雲を「空近くして」と工夫しながら、ただ一点動かない牛を石とするダイナミックな風景の歌。「女人にはあらねどまぎれもなく女人」に通じる才気である。

「泉のように魂を安らぎに導く歌」が自分のたどりつく場所、と「あとがき」にある。こころざしやよしである。「眠らせてあげようそっと」の歌で書き起こした『テレマンの笛』の読後感は、つぎの歌を置くことで閉じることにしよう。

ワタスゲの白くけぶれる湿原の水無月しずか
に満ち足りている

（「長風」一九九六年二月号）

『テレマンの笛』評
球体の海より

児玉恵子

歌集『テレマンの笛』を読んだ後、もっと若い時に歌を始めればよかったと思った人も多かったのではないか。どのように成熟しても若さには勝てない言葉がある。瑞瑞しい生命が発散する音、温かく優しい皮膚と清純な血液を持った妖精が発するオーラのような光、それはほんの短い時期ではあっても、人間の組成の分ち難き時代、肉体が精神そのものであるが如き季節の、神の手により詩人の背骨が編まれて行く過程を見るような一冊であった。

上り行く道ややありて木の間よりわれに近づく青き尾瀬沼
山の気の濃くやわらかき闇に臥しひたに眠らん羊歯のごとくに
こぼれ咲くすももの白き窓の辺に人事希望のカード記入す
一本の傘しか持たぬわれらゆえ添いゆく銀の縦縞の夜を
今誰かささやき行きぬうす紅の花びら纏いミズキの立てり

ここに在る「人事希望のカード」とか「一本の傘」と言う世俗的道具立てさえ、自然と同次元の生命体となる。人間が真に自然体で生きている時の幸福、それ故に尾瀬沼の方から呼吸を合わせて動き出し、原始の羊歯の眠りをねむる事が叶うのだ。「銀の縦縞」は雨ではあるが、ここではあくまで銀の縦縞模様なのである。歌う主体が大地の暗闇を所有しているのである。その場合、誰でも自然を塗り替えられるのである。妖精のように、とは賞讃ではない。人間も自然の産物であり、言葉はそのエスプリである。数多のヒストリーの妖精達も自然のエスプリとして登場している筈である。

眠らせてあげようそっと図書館にショパンとサンドの本を閉じたり
武士達が槍もて一気に登りたる斜面にあおき野みつば匂う
真直ぐに秋の空へとオベリスク築きいつの日滅ぶトウキョウ

ショパンとサンド、武士はすでに死者。オベリスクはこの場合コンクリートの建造物の事かと思うが、都市の無機質性。ここにある破滅の恋に亡びた命も、血塗られた武士も、都市の冷たさも作者の若き血潮、その清純さには勝てないのである。生命の活力を吹き込まれ一瞬蘇る。若さのみ持つ詩性と言うべきか。その水源は次の如く。

聴き終えし音色ふつふつ溢れ出す身をこらえゆくビルの谷間を
ふつふつと泉のように湧き出でて言葉は読めぬままにあふれる
溢れ出す涙は止めずチェロの音の至福こはくの木の香のごとし

角倉羊子と言う器からあふれて止まぬものを「こらえゆく」「読めぬままに」「止めず」と言う自分。音、言葉、涙、これら泉の水源は、作者の魂魄と言うものであろう。共鳴する自らの体に心をゆだねる苦痛と至福。チェロのボディ即ち角倉羊子のボディである。

なぜかくもうわのそらなる日曜日麦色の椅子に掛けて礼拝
生命の上昇気流がもっとも盛んな時もっとも幸福。この幸いな「うわのそら」をこそ祝福したい。しかし書くことは常にフィニッシュでもある。

はばたけぬわたし座りて欅降る連夜を聴きぬテレマンの笛
なまぬるく春めく夜の窓外にシャガールの月

をわがかいま見る
ブルックナー聴いてはおらず目を閉じてわが
新しき歌を待ちいる

等々、初めの歌は歌集題となったテレマン、ブルックナー共に作曲家である。シャガールは画家。他にもサンサーンス、バッハ、ブラームス、数多のアーチストが登場する。全て知る人ぞ知る美の世界の創造者達である。これらは作者のこよなく愛好するものであり、「ブルックナー聴いてはおらず」と言うように、作者自身の創作の揺籃ともなっているのである。しかし、これらの歌を読む限り、それぞれにうわのそらなのである。テレマンやブルックナーが作者をイメージアップしてはいないし、シャガールが角倉羊子の本質を形象化しているとは思えない。或る雰囲気は醸される。いつも鳴っているBGM、聞き流して心地よい音や、目障りにならない絵、と言った生活様式のさまざまが歌のアクセサリーになっている。読者も心地良い気分になれば成功かも知れないし、テレマンやシャガールを全く知らない読者の理解を、書く側は考慮する必要はないのだが、このような歌が目立つので敢えて言うのである。

過去に評価の定まったアーチスト、その完成された美に寄りかかって生まれた作品からは、かえって作家角倉羊子の本質を見定め難くし、その美意識を貧しいものに見せはしないだろうか。成功したと思えるのは次の三首である。

透明なデュフィの海よ白き帆よ壁つつぬけに
潮風の来る
ユトリロの真白き壁よ見定めて見定めてなお
さびしき秋の
バーナード・リーチの皿の鶴一羽水平にゆく
陶のしずけさ

ここにある海、壁、鶴を一度も見たことがない読者も、その世界が角倉羊子の美感の色彩を伴って視野に迫って来るのではないか。「白鳥のレダのブロンズいつよりか水なき秋の公園に棲む」も好きである。白鳥のレダ（ギリシャ神話）と水なき公園の調和が、地上の公園を神話的失楽園として印象化しているからである。神様に編まれつつあった角倉羊子の背骨が完成し、美しい獣のような力を得てしなやかに立ちあがった歌を見よう。いよいよである。

私のみ知るわたくしが草の野に立ちあがりざま摘むへびいちご
信号を待たずに渡る交差点ワンピースのなかの体をひねる
笛吹きのケトルも買わな独立の願いは春のけやきのごとし

自分自身の放つオーラの中で光り始めた角倉羊子。ブラームスやサンサーンスを連れてくる必要など何処にあろうか。

冬の素足かまわぬ人と昇り行くエレベーターの硝子のみどり
樫のような腕に眠る紺青の夜を止まざりき春の嵐は
こうこうと漁火ともる球体の海の呼吸にあわせて眠る
海を見し夜は翡翠のたゆたいに二人もろとも入らん灯を消す

今まさしくアダムの妻、エデンの住人である。いずれ追放されるであろうが、胎内の球体の海で育んだ言葉が、白鳥のレダがゼウスと交わって生んだ卵のように、新たなる神話を孵化するか否か、期待したい。それは聖霊かはた爆薬か、であってほしい事を告げて終る。

聖霊かはた禽獣か鳩の来て自転車の荷籠に首をかしげる
連翹の咲く日だまりは爆薬のようなイエロゥ空気ゆらめく

（「長風」　一九九六年二月号）

『ヴェネチアの海』書評
歴史的な感覚ということ

三　枝　浩　樹

　角倉羊子さんの『ヴェネチアの海』に惹かれて、ある雑誌の書評欄で粗い感想を述べたことがある。その折には誌面の関係で指摘だけして充分に述べられなかったひとつのことがある。深い批評性という言葉をその時用いたが、そこで私がいいたかったことをここで補足できれば幸いである。

冬枯れの丘ひとときを彷徨いて会うブールデルのくろき塊
黒びかるブロンズの四人遠き空見つめおり人の力信ぜよと
服纏うこと引き換えに失いしものはろばろとなつかしき昼

集の初めの方でこれらの作品を目にしたとき、作者のほぼ全貌が見えるような気がした。ある核心のようなものが視野に迫ってきたのである。歌うこと、表現することによって、作者は何を読者に手渡したいのか。その基底にあるものが伝わってきたのである。一巻を読み終えても、その印象に変わりのないことがわかった。そこから書き始めることにしたい。

　冬枯れの丘に据えられているブールデルのブロンズ像が素材である。その素材と作者との出会い、その感応が歌われている。出会いは向こうからやってくるが、しかし出会いを出会いたらしめる機縁が自らの中にないと、出会いの火花は生まれない。だからこちらからもまた出会いはやってくるのである。言葉を変えれば、目に見えるものを目に見えないものによって捉え、表現する営み、それがこれらの歌となって結晶したのだと思える。

　一首目は上句のゆったりとしたリズムに導かれて彫像のところまで案内される。さまようようなゆるやかな速度ではあるが、この影像のおのずから呼び寄せられるようにしてその前に立っている印象がある。「冬枯れの丘ひとときを彷徨いて」はあわただしい日常の中に訪れた閑のひとときを愉しんでいる趣がある。下句「会うブールデルのくろき塊」は細部の描写を省いてブールデルの影像の持つ量感がゆっくり肉薄してくる。主観の思いは文言としては「会う」という動詞によってわずかに窺える程にとどまっている。しかしこの黒い影像がかりそめの感をもって眺められているのでないことは、一首全体のリズムによって知られるのである。

二首目からは作者の感応が素直に見て取れる。「遠き空見つめおり」と影像の視線の先にあるものを感知し、そこから「人の力信ぜよ」という感慨を引き出してくるわけである。同じ影像を目の前にしても、このような感応を誰もが抱くわけではない。「遠き空」を感じ、「人の力」を信じようとする。それは作者に固有の感応ともいえるものである。空からやってくる慰めと励ましの声を聞くことのできる人でないと、視線の先に「遠き空」を感じ取ることはないであろう。また人の力を信じたいと思いつつ、それが果たせずにいる悔しさ、そのような経験がなければ、「人の力信ぜよ」という感応は出てこないのである。信じがたき、負の状態にある自らが改めて見えてくる一首である。

三首目はさらに深い批評域に達している。見ることは見られることでもある、とはどういうことか。ブールデルの逞しい裸の影像の前に立ちつつ、作者はある名状しがたい感動と、深い喪失感に打たれるのである。天つひかりをきらきらと全身に浴びて草に伏すブロンズの人の圧倒的な存在感。そのうつくしさ。かたわらに立つ者は、いまだかりそめの域をさまよっている自らの生きざまに衝かれる思いがする程に。人類は服を纏う代償に何かを失ったが、その失ったものとは何か、という問いが次の瞬間に生まれる。ブールデルを見る者はブールデルから見つめられる。それはつまり内部の重く閉ざされていた闇に光が射しこむことであり、内なるものがめざめることなのだ。

人は、そして「わたし」はなにを失ったのか。この問いは人類の始祖アダムとエバの原罪にさかのぼる遙かな問いであって、彼らは禁断の木の実を食べた後、神の目を逃れていちじくの葉で裸身を覆ったといわれている。「創世記」にはそのように記されている。裸身を覆うとは神の目を逃れることであり、神を失うこと、神われらと共にいますの原関係の崩壊を意味するのではないか。その痛みの原点がここで呼び起こされているのである。痛みと言い、原点と言ったが、「服纏うこと引き換えに失いしもの」に思いを致すこと、それはまさに深淵に届く問いを抱えることであって、かかる喪失地点からの転回点はそのような深淵からしか見出されないのではないか。だからこそ「はろばろとなつかしき昼」とカタルシスにも似た感受の声をもって応えているのではないか。このような下句の感応があって、上句の問いもまた生きるのである。

この一首に見られるような過去の意識、あるいは過去の視野から現代を見ようとする意識はT・Sエリオットの求めた「歴史的な感覚」に通ずるものである。「彼（詩人）はそうすること（過去の意識を持ち続け、発展させること）によって、現在の自分自身を何かその自分よりももっと貴重なものの前に、絶えず空しくすることになるのである」。エリオットは「伝統と個人的な才能」と言う書評の中でそう言っている。

「われ」とは何か、が今改めて現代短歌でも問われている。「われ」をどのような視点から捉えたらいいのか。その問題にアプローチするヒントがここに隠されているようにも思われる。「現在の自分自身を何かその自分よりももっと貴重なものの前に、絶えず空しくすること」、そうして初めて見えてくる、把握されてくる自分というものがある。これは後ろ向きではなく、前方に向かってなされる自己否定の思想と呼ぶべきものである。キルケゴール風にいえば神の前に自己を意識し、そのような自己をたえず更新しつづけることである。そのためには過去の意識、すなわち伝統の意識を保ち続けることが求められる、とエリオットは言っている。角倉さんにはこの感覚と意識をさらに深めていってほしいと要望しておきたい。そのような可能性の感じられる注目した他の作品を引いておこう。

茶畑に新芽かがやきしばらくを憩えよ時のかなたより声
現実より冷えて静物の林檎ありいびつな机の木の面のうえ
ざわめきは飛び立つ鳩の羽の音 海の都の広場にひとり
潮の香を運び来る風にうねりあり夕暮れる海の濃き薄きいろ
雪降りて視野モノトーンの中空に深慮のごとき熟れ柿の色
青靄とう漢語に湿る竹の群れ若き李白の山ふかく住む

集中、とりわけ父への挽歌に深い印象を覚えた。引きうる限りを引いて感銘を新たにすることにしよう。

旅立ちし人の脱ぎたる体にてしずけき額のはや触れがたし
臨終ののちのひそけき朝明けの道を薄茶の猫がよぎれり
アイボリーの照りもつ骨のかけら拾う父にて父にあらざるものを
人が地に残せるもののつつましさ骨の真白に硬くかがやく
風の波に秋のひかりの混じるみち散歩の父と出会えるような
川面吹く夏風は死者のなつかしさ大川堤の段を降りゆく

（「長風」二〇〇八年十二月号）

にがうりの見える窓

小島ゆかり

にがうりの繁り葉揺らし夕風の来る窓の辺に
聖書をひらく
にがうりの花があらしに揉まるると見えて窓
辺に黄の蝶の寄る

歌集巻頭に近く一首目の歌があり、巻末に二首目の歌がある。「にがうりの繁り葉揺らし」「にがうりの花があらしに揉まるる」という、苦瓜の映像が印象に残る。

苦瓜は茘枝《れいし》。蔓茘枝《つるれいし》の名もあるように蔓性の一年草である。夏ごろ黄色の花が咲き、やがて、ゴーヤーという沖縄名でおなじみの表面にいぼいぼのある紡錘形の実を結ぶ。熟すと皮は橙色になり、果肉はびっくりするほど鮮やかな赤になる。土くさい質朴さをもちながらどこか特異な強い生命感を感じさせる植物である。

葡萄の葉っぱに似た苦瓜の繁り葉をゆらす夕風が、聖書をひらく窓辺に通う。ただそれだけの場面に、深くたゆたう気分があって心ひかれる。もし、「にがうり」が「ひまわり」だったらあるいは、「聖書」が「詩集」だったら、夕風のもたらす雰囲気はいくらか違うものになっただろう。そしてその、いくらかの違いはとても大事だ。作者はそのときのままを表現したのかもしれない。しかし、この場面をおのずから選ばせた内的な動機がつまり、歌人角倉羊子の詩的な資質とセンスなのである。

二首目の「にがうりの花があらしに揉まるると」は、黄の蝶の比喩表現と思われるが、それでもこのように映像化されたことによって、一首の空間が生き生きと見えてくる。前作を「静」とすれば、こちらは「動」。屈折したうねりのあるリズムの内部に、静かに見開く作者の気配がある。それは、この世の風景の向こう側へ眼をこらすような気配と言ったらいいだろうか。

そしてこの二首をつなぐ歳月に、歌集『ヴェネチアの海』の作品群がある。

仕方なくと言う風でもある金網にじっとしている昼のかまきり
夏草の匂いしるけきしばらくを座しており影のちいさき三人
ガラス窓の向こうの真夏風つよく吹くらし時折揺らぐあおぞら
ながき息吐くごとくさくら開きゆく時の間ありて遠くなる空
鍵開けて入りゆく部屋に夕暮れの水平線のほのかに浮かぶ
つばらかに意味わからずとも暗記せよ芭蕉の旅に出でゆくこころ

どの歌も奇をてらうことなく、自制された表現がいかにも自然で心地よい。はじめは慎ましすぎる印象すら覚えたが、二度三度読んでゆくうち、一首一首の、ひそかな情感や感覚の起伏が見えてくる。

一首目は、「仕方なくという風でもある」の、この作者には珍しい字余りの連続と、全体の口語調が「昼のかまきり」への親しみを感じさせて楽しい。

二首目と五首目は、前後の作品から小旅行の歌と思われるが、そんな背景はむしろなくてもいい。「夏草の匂い」のエネルギーと「影のちいさき三人」の淡い存在感、また、「夕暮れの水平線のほのかに浮かぶ」部屋へみちびく「鍵開けて」の働きの妙。

三首目と四首目では、それぞれ魅力的な空が登場する。ガラス窓を隔てて風の強さを感じ、「時折揺らぐあおぞら」とまるで体にひびくように表現している。そうかと思うと、「ながき息吐くごとくさくら開きゆく」から「遠くなる空」へ、カメラをゆっくり引くように表現されている。

六首目は、格段にのびやかな作品。そういえば、意味のわからないころにはやたらに暗記させられ、その意味が身にしみるころにはなかなか読むひまがなくなる『奥の細道』。同じ連作の、「片雲の風に誘われさまよえる芭蕉の没年をわが行くらしき」「老成の人四十代の旅姿江戸の留守居は蜘蛛にまかせて」もおもしろい。

夕暮れに呼び鈴鳴りて父母の老いたる使徒のごとく入り来る
赤えんぴつ青えんぴつの先ふとく線引きてあり父の聖書《バイブル》
ジャワ更紗ほむらを描く服まとい老い母は来る鋭き秋を
幼きわれちちははあねとつれだちて東京タワーに来し日秋晴れ
バンダナを額に巻きて夏野菜のドライカレー一気に仕上げる

家族の風景には、なつかしい照り翳りがある。信仰をもつ家族なのだろう。「使徒のごとく」と言っても、ただの比喩ではない。もっと心理的なニュアンスが感じられる。父の姿も母の姿も、具体的な場面とともになった一人の面影をもって立ち上がってくる。

「東京タワー」と「ドライカレー」の歌は、多くの読者が共有できる健やかな生活のスナップ。作者の素顔が見える気がする。

そして、こうした家族の風景のピークとして、父の死にまつわる感動的な作品群と出合う。

暑のたける昼にて急ぐ森の道カラスの声が裏返り降る
転院を告げる言葉を噛むように聞きつつ笑みぬ意識冴ゆるか
薄曇る夏空を背に帰りゆくついの別れと知らざるわれの
夏の夜のわが眠り深きに向う頃父の命のうしお引きゆく
夏衣着したましいのごとく在る母を後ろに車をとばす

臨終ののちのひそけき朝明けの道を薄茶の猫
　がよぎれり

「カラスの声の裏返り降る」「言葉を噛むように」「薄雲る夏空」「わが眠り深きに向う頃」「夏衣着したましい」「薄茶の猫がよぎれり」など、ひとつひとつの言葉を大切に扱いながら、しかもそれらの言葉の奥底から滲み出てくる悲しみに胸をつかれる。大仰な表現では決して届かない声があることをよく知っている人なのだ。

湿りもつ窓をぬぐえる指さきに灯のやわらかき千年の都市
囚人の彼岸此岸をへだてたる橋ならんくぐりてなお水路ゆく
しののめの薔薇色に染まる対岸の塔と円蓋は父の描きし
聖堂の石の床ゆるく波打ちてヴェネチアという巨き帆船

洋画家であった父の描いた風景の見える場所に立って、父の遺骨を少しヴェネチアの海に沈めたとき、ヴェネチアの海は特別な海になったと、「あとがき」に記されている。ヴェネチアの旅は、きっと亡き父とともに行ったのだ。それは、父の鎮魂のためというより、むしろヴェネチアの海の記憶とともに父を永遠に帰すための旅だったのかもしれない。

登るほどつぼみの桜締まりつつ木の間にものの気配のありぬ
啄める林檎の肉のたっぷりとありてひそけくながれゆく時
汐留に汐の香のたつまぼろしに迷路あたらしき地下の街ゆく

最後に、少しシュールな感覚を含んだ作品をあげておこう。安定した表現力と情熱をもった作者である。数は多くはないが、こんなシュールな気配を含んだ歌にこそ、今後の新しい展開と可能性が隠されている。

角倉羊子さんとわたしはほぼ同年である。そう思うとなんとなく親しみが湧く。彼女の窓からは今もにがうりが見えるだろうか。

（「長風」二〇〇八年十二月号）

風の貌して〜緩やかに流れる時〜

黒崎由起子

母であり師である杉本清子が最後の力を注いだ歌集『ヴェネチアの海』が私の手の中にある。表紙の水色が涙のように淡い。清子は遺歌集『憧憬以後』を通して、最期まで懸命に生き続けることが、後に続く者へ遺す真の愛だと示してくれた。多くを語らなくてもそこに存在することが他者への愛であるという教えは私にとっても救いであった。羊子さんもまたその深い愛に支えられたひとりとして、第三歌集『ヴェネチアの海』からすっくと立ちあがってくる。

木の花のごとく若葉の淡みどり降り来る楡の
大樹のもとは
見ゆるところ整えざれば木々は木の性に生き

おり庭のひろやか
草に伏す裸のからだ心地よく鋳型を出でしブ
ロンズのひと
服纏うこと引き換えに失いしものはろばろと
なつかしき昼

　淡い緑を降らせる楡の若葉を花にたとえる比喩の清々しさは、いつも素の美しさを見せてくれる羊子さんの姿と重なる。「整えざれば木々は木の性に生きおり」の認識はありのままの自分であろうとする羊子さんの本質に近い。青々とした草の手触りや匂いのなかに伏すブロンズの裸体からは、虚飾を捨てた小気味よい開放感が漂う。もう裸ではいられない我々が失ったものは何だったのか、読者もまたはろばろと思いを馳せる。

幼きわれちちははあねとつれだちて東京タ
ワーに来し日秋晴れ
窓ほそき二階より見ゆひらひらとシャツなび
かせて散歩の父は
駐車場出でゆくわれらに窓高き手の祝福がひ
らひらと降る
パパと呼び触れるてのひらのやわらかさ強く
握りて病室を出る

　東京タワーを見上げる若い夫婦とふたりの幼い姉妹。まるで記念写真のようなワンシーンに秋の青空が広がる。東京タワーが出来てまだ間もない頃の想い出だろう。上の句のひらがな表記が幼子の心の弾みを効果的に表現している。読者も声に出してひらがなを追いつつあどけない子供の口調を体験することができるのも楽しい。確実に時間は流れてもあの日の空と今日の空をつなぎ得ているのが作者の持つ特異な距離感ではないだろうか。彼女はきっと今もあの日と同じ空の下で暮らしているにちがいない。
　散歩に出る父を二階から見送り、高い窓から手を振る入院中の母の姿をとらえる。「ひらひら」と風になびく父のシャツ、また「ひらひら」と降ってくる母の祝福は、作者の遠く伸ばされた視界の中で現世を越えた美しさを見せる。人と人とが生きる上で互いの尊厳と自由を侵さない距離を互いに知る家族なのだろう。しかし「パパ」と呼びかける彼女の肉声は限りなく優しく一首の中から響く。

旅立ちし人の脱ぎたる体にてしずけき額のはや触れがたし
眠る時も嵌めしままなる腕時計われの外すを母が受け取る
臨終ののちのひそけき朝明けの道を薄茶の猫がよぎれり
抱えたる骨壺おもく温ときを住みたる部屋へ連れて帰らん

羊子さんの意識の中では生も死も旅の一過程であり、死は重き肉体を脱ぎ新しい世界への第一歩なのではないかとふと思った。旅立ってしまった父の腕時計を外すという行為から、死が現実として存在する事を思い知らされるが、病との戦いを終えた父を解き放つ行為のようにも受け止められた。作者が外した腕時計を受け取った母とは杉本清子。この一首に呼応するかのように清子『憧憬以後』に次の作品がある。「時計めがね長く身につけて脂染むものたいせつに手提げに納む」まこと愛する人との永訣であり「たいせつ」の簡潔の一語が身に沁みる。父を失った朝、視界を横切るしなやかな猫の「生」を見た時、彼女の喪失感は頂点に達したのではなかったか。それを暗示させるこの生き物の温かさが胸を衝く。骨となった父、その壺の温さを愛おしみわが家へ連れて帰る作者。そして画家であった父が愛したヴェネチアへと、自らの手で連れて行く。

夜の運河ゆく舟に乗りゆらゆらと光纏えるヴェネチアの中へ
涙より遠くなりつつヴェネチアの海に遺骨の幾片沈める
幾たびを夢に降り立ちし広場にて今朝足裏の

冷ゆるよ碓と
しののめの薔薇色に染まる対岸の塔と円蓋は
父の描きし
眠り浅き明けの頃らし水をゆく舟の音低く来
ては遠のく
神の息静けく吹きて冬海と空とのあわい朱色
に裂ける

サンマルコの青き空の下、娘は父の足取りをたどり広場を歩き、父の描いた塔と円蓋を探し当てる。懸命に時を手繰り寄せ、在りし日の父をひっそりと抱きしめる旅。作者の心の揺らぎを象徴するかのように水を行く舟の音が近づいては遠ざかる。神の懐である雄大な自然に包まれて、命の永遠性を思う作者なのだろう。光を纏う水の都ヴェネチアの海に沈められた幾片の白骨が、冴え冴えと美しい。

生命の尽きたる体横たわる室ありこのビルの
どこかの階に

霧の中に浮きいるごとき朝の部屋ふとよるべ
なく灯りともせり
廃屋とはもぬけのからにあらぬとよ見届けて
夜の踵を返す

一、二首目は一連から入院中の作品と解釈した。が、どの作品にも病院や病名を表す具体的な言葉はない。病院はビルであり、病室は部屋である。説明を加え読み手に理解を求めるという甘えなどない。感情を抑制し、不要なものを削ぎ落とす強靱な精神力が垣間見える。この冷静さが大病院の一室にも常時「死」が存在することを捉えてしまう。シーツ・カーテン・壁、病室の白に取り囲まれた身を「霧の中に浮きいるごとき」と例え、とらえどころのない不安感や浮遊感を巧みに表現している。「廃屋とはもぬけのからにあらぬ」という認識も鋭い。うち捨てられた廃屋の闇に蠢く物の気配をじっと「見届ける」。その目は一つの建物が廃屋となるに至った時の流れをなぞるかのようだ。対象への理解の深さといえよう。

藍色の硝子の瓶に秋の水注ぎて庭の草ぐさを挿す
ジーンズに赤きセーター旅終えしごとく帰り来風ひかる中
川面吹く夏風は死者のなつかしさ大川堤の段を降りゆく
足首を埋めマーガレットの咲く原を歩み行きたり風の貌して
ゆるやかに流るる時に歩を合わせウオーキング今日は雑木林を

涼やかな藍色の瓶に庭の草ぐさ、羊子さんらしい取り合わせだ。ジーンズに赤いセーターからは活動的な姿が現れる。マーガレットの咲く野原を吹き渡る風、その風に研がれて「風の貌」となる彼女に、汚れなく生きる寂しさを思った。夏風にそっと寄り添ってくる死者を連れ川の流れへと歩を運ぶのは、水もまた風と同じく永遠なのを知るからであろう。

『ヴェネチアの海』を閉じた時、羊子さんの一番の理解者はやはり杉本清子だったと改めて思う。「このままでいい」そんな清子の思いは充分作者に伝わったことだろう。風の光る空間に身を置き、遠く伸ばされた視界の中に死者をも抱きとめる羊子さん、あなたの明日がゆるやかに美しく過ぎますようにと、祈ってやまない。

（「長風」二〇〇八年十二月号）

角倉羊子歌集　現代短歌文庫第128回配本

2016年11月16日　初版発行

著　者　角　倉　羊　子
発行者　田　村　雅　之
発行所　砂　子　屋　書　房
〒101-0047　東京都千代田区内神田3-4-7
電話　03−3256−4708
Fax　03−3256−4707
振替　00130−2−97631
http://www.sunagoya.com

装本・三嶋典東　落丁本・乱丁本はお取替いたします

現代短歌文庫

（　）は解説文の筆者

①三枝浩樹歌集
『朝の歌』全篇

②佐藤通雅歌集（細井剛）
『薄明の谷』全篇

③高野公彦歌集（河野裕子・坂井修一）
『汽水の光』全篇

④三枝昂之歌集（山中智恵子・小高賢）
『水の覇権』全篇

⑤阿木津英歌集（笠原伸夫・岡井隆）
『紫木蓮まで・風舌』全篇

⑥伊藤一彦歌集（塚本邦雄・岩田正）
『瞑鳥記』全篇

⑦小池光歌集（大辻隆弘・川野里子）
『バルサの翼』『廃駅』全篇

⑧石田比呂志歌集（玉城徹・岡井隆他）
『無用の歌』全篇

⑨永田和宏歌集（高安国世・吉川宏志）
『メビウスの地平』全篇

⑩河野裕子歌集（馬場あき子・坪内稔典他）
『森のやうに獣のやうに』『ひるがほ』全篇

⑪大島史洋歌集（田中佳宏・岡井隆）
『藍を走るべし』全篇

⑫雨宮雅子歌集（春日井建・田村雅之他）
『悲神』全篇

⑬稲葉京子歌集（松永伍一・水原紫苑）
『ガラスの檻』全篇

⑭時田則雄歌集（大金義昭・大塚陽子）
『北方論』全篇

⑮蒔田さくら子歌集（後藤直二・中地俊夫）
『森見ゆる窓』全篇

⑯大塚陽子歌集（伊藤一彦・菱川善夫）
『遠花火』『酔芙蓉』全篇

⑰百々登美子歌集（桶谷秀昭・原田禹雄）
『盲目木馬』全篇

⑱岡井隆歌集（加藤治郎・山田富士郎他）
『鵞卵亭』『人生の視える場所』全篇

⑲玉井清弘歌集（小高賢）
『久露』全篇

⑳小高賢歌集（馬場あき子・日高堯子他）
『耳の伝説』『家長』全篇

㉑佐竹彌生歌集（安永蕗子・馬場あき子他）
『天の螢』全篇

㉒太田一郎歌集（いいだもも・佐伯裕子他）
『墳』『蝕』『獵』全篇

現代短歌文庫

（ ）は解説文の筆者

㉓春日真木子歌集（北沢郁子・田井安曇他）
『野菜涅槃図』全篇
㉔道浦母都子歌集（大原富枝・岡井隆）
『無援の抒情』『水憂』『ゆうすげ』全篇
㉕山中智恵子歌集（吉本隆明・塚本邦雄他）
『夢之記』全篇
㉖久々湊盈子歌集（小島ゆかり・樋口覚他）
『黒鍵』全篇
㉗藤原龍一郎歌集（小池光・三枝昻之他）
『夢みる頃を過ぎても』『東京哀傷歌』全篇
㉘花山多佳子歌集（永田和宏・小池光他）
『樹の下の椅子』『楕円の実』全篇
㉙佐伯裕子歌集（阿木津英・三枝昻之他）
『未完の手紙』全篇
㉚島田修三歌集（筒井康隆・塚本邦雄他）
『晴朗悲歌集』全篇
㉛河野愛子歌集（近藤芳美・中川佐和子他）
『黒羅』『夜は流れる』『光ある中に』（抄）他
㉜松坂弘歌集（塚本邦雄・由良琢郎他）
『春の雷鳴』全篇
㉝日高堯子歌集（佐伯裕子・玉井清弘他）
『野の扉』全篇
㉞沖ななも歌集（山下雅人・玉城徹他）
『衣裳哲学』『機知の足首』全篇
㉟続・小池光歌集（河野美砂子・小澤正邦）
『日々の思い出』『草の庭』全篇
㊱続・伊藤一彦歌集（築地正子・渡辺松男）
『青の風土記』『海号の歌』全篇
㊲北沢郁子歌集（森山晴美・富小路禎子）
『その人を知らず』を含む十五歌集抄
㊳栗木京子歌集（馬場あき子・永田和宏他）
『水惑星』『中庭』全篇
㊴外塚喬歌集（吉野昌夫・今井恵子他）
『喬木』全篇
㊵今野寿美歌集（藤井貞和・久々湊盈子他）
『世紀末の桃』全篇
㊶来嶋靖生歌集（篠弘・志垣澄幸他）
『笛』『雷』全篇
㊷三井修歌集（池田はるみ・沢口芙美他）
『砂の詩学』全篇
㊸田井安曇歌集（清水房雄・村永大和他）
『木や旗や魚らの夜に歌った歌』全篇
㊹森山晴美歌集（島田修二・水野昌雄他）
『グレコの唄』全篇

現代短歌文庫

（　）は解説文の筆者

㊺上野久雄歌集（吉川宏志・山田富士郎他）
『夕鮎』抄、『バラ園と鼻』抄他

㊻山本かね子歌集（蒔田さくら子・久々湊盈子他）
『ものどらま』を含む九歌集抄

㊼松平盟子歌集（米川千嘉子・坪内稔典他）
『青夜』『シュガー』全篇

㊽大辻隆弘歌集（小林久美子・中山明他）
『水廊』『抱擁韻』全篇

㊾秋山佐和子歌集（外塚喬・一ノ関忠人他）
『羊皮紙の花』全篇

㊿西勝洋一歌集（藤原龍一郎・大塚陽子他）
『コクトーの声』全篇

(51)青井史歌集（小高賢・玉井清弘他）
『月の食卓』全篇

(52)加藤治郎歌集（永田和宏・米川千嘉子他）
『昏睡のパラダイス』『ハレアカラ』全篇

(53)秋葉四郎歌集（今西幹一・香川哲三）
『極光――オーロラ』全篇

(54)奥村晃作歌集（穂村弘・小池光他）
『鴇色の足』全篇

(55)春日井建歌集（佐佐木幸綱・浅井愼平他）
『友の書』全篇

(56)小中英之歌集（岡井隆・山中智恵子他）
『わがからんどりえ』『翼鏡』全篇

(57)山田富士郎歌集（島田幸典・小池光他）
『アビー・ロードを夢みて』『羚羊譚』全篇

(58)続・永田和宏歌集（岡井隆・河野裕子他）
『華氏』『饗庭』全篇

(59)坂井修一歌集（伊藤一彦・谷岡亜紀他）
『群青層』『スピリチュアル』全篇

(60)尾崎左永子歌集（伊藤一彦・栗木京子他）
『彩虹帖』全篇『さるびあ街』（抄）他

(61)続・尾崎左永子歌集（篠弘・大辻隆弘他）
『春雪ふたたび』『星座空間』全篇

(62)続・花山多佳子歌集（なみの亜子）
『草舟』『空合』全篇

(63)山埜井喜美枝歌集（菱川善夫・花山多佳子他）
『はらりさん』全篇

(64)久我田鶴子歌集（高野公彦・小守有里他）
『転生前夜』全篇

(65)続々・小池光歌集
『時のめぐりに』『滴滴集』全篇

(66)田谷鋭歌集（安立スハル・宮英子他）
『水晶の座』全篇

現代短歌文庫

（　）は解説文の筆者

(67)今井恵子歌集（佐伯裕子・内藤明他）
『分散和音』全篇

(68)続・時田則雄歌集（栗木京子・大金義昭）
『夢のつづき』『ペルシュロン』全篇

(69)辺見じゅん歌集（馬場あき子・飯田龍太他）
『水祭りの桟橋』『闇の祝祭』全篇

(70)続・河野裕子歌集
『家』全篇、『体力』『歩く』抄

(71)続・石田比呂志歌集
『孑孑』『忘八』『涙壺』『老猿』『春灯』抄

(72)志垣澄幸歌集（佐藤通雅・佐佐木幸綱）
『空壜のある風景』全篇

(73)古谷智子歌集（来嶋靖生・小高賢他）
『神の痛みの神学のオブリガード』全篇

(74)大河原惇行歌集（田井安曇・玉城徹他）
未刊歌集『昼の花火』全篇

(75)前川緑歌集（保田與重郎）
『みどり抄』全篇、『麥穂』抄

(76)小柳素子歌集（来嶋靖生・小高賢他）
『獅子の眼』全篇

(77)浜名理香歌集（小池光・河野裕子）
『月兎』全篇

(78)五所美子歌集（北尾勲・島田幸典他）
『天姥』全篇

(79)沢口芙美歌集（武川忠一・鈴木竹志他）
『フェベ』全篇

(80)中川佐和子歌集（内藤明・藤原龍一郎他）
『海に向く椅子』全篇

(81)斎藤すみ子歌集（菱川善夫・今野寿美他）
『遊楽』全篇

(82)長澤ちづ歌集（大島史洋・須藤若江他）
『海の角笛』全篇

(83)池本一郎歌集（森山晴美・花山多佳子）
『未明の翼』全篇

(84)小林幸子歌集（小中英之・小池光他）
『枇杷のひかり』全篇

(85)佐波洋子歌集（馬場あき子・小池光他）
『光をわけて』全篇

(86)続・三枝浩樹歌集（雨宮雅子・里見佳保他）
『みどりの揺籃』『歩行者』全篇

(87)続・久々湊盈子歌集（小林幸子・吉川宏志他）
『あらばしり』『鬼龍子』全篇

(88)千々和久幸歌集（山本哲也・後藤直二他）
『火時計』全篇

現代短歌文庫

（　）は解説文の筆者

⑧⑨田村広志歌集（渡辺幸一・前登志夫他）
『島山』全篇

⑨⓪入野早代子歌集（春日井建・栗木京子他）
『花凪』全篇

⑨①米川千嘉子歌集（日高堯子・川野里子他）
『夏空の櫂』『一夏』全篇

⑨②続・米川千嘉子歌集（栗木京子・馬場あき子他）
『たましひに着る服なくて』『一葉の井戸』全篇他

⑨③桑原正紀歌集（吉川宏志・木畑紀子他）
『妻へ。千年待たむ』全篇

⑨④稲葉峯子歌集（岡井隆・美濃和哥他）
『杉並まで』全篇

⑨⑤松平修文歌集（小池光・加藤英彦他）
『水村』全篇

⑨⑥米口實歌集（大辻隆弘・中津昌子他）
『ソシュールの春』全篇

⑨⑦落合けい子歌集（栗木京子・香川ヒサ他）
『じゃがいもの唄』全篇

⑨⑧上村典子歌集（武川忠一・小池光他）
『草上のカヌー』全篇

⑨⑨三井ゆき歌集（山田富士郎・遠山景一他）
『能登往還』全篇

⑩⓪佐佐木幸綱歌集（伊藤一彦・谷岡亜紀）
『アニマ』全篇

⑩①西村美佐子歌集（坂野信彦・黒瀬珂瀾他）
『猫の舌』全篇

⑩②綾部光芳歌集（小池光・大西民子他）
『水晶の馬』『希望園』全篇

⑩③金子貞雄歌集（津川洋三・大河原惇行他）
『邑城の歌が聞こえる』全篇

⑩④続・藤原龍一郎歌集（栗木京子・香川ヒサ他）
『嘆きの花園』『１９××』全篇

⑩⑤遠役らく子歌集（中野菊夫・水野昌雄他）
『白馬』全篇

⑩⑥小黒世茂歌集（山中智恵子・古橋信孝他）
『猿女』全篇

⑩⑦光本恵子歌集（疋田和男・水野昌雄）
『薄氷』全篇

⑩⑧雁部貞夫歌集（堺桜子・本多稜）
『崑崙行』抄

⑩⑨中根誠歌集（来嶋靖生・大島史洋他）
『境界』全篇

⑪⓪小島ゆかり歌集（江戸雪・坂井修一他）
『希望』全篇

現代短歌文庫

（　）は解説文の筆者

111 木村雅子歌集（来嶋靖生・小島ゆかり他）
『星のかけら』全篇

112 藤井常世歌集（菱川善夫・森山晴美他）
『氷の貌』全篇

113 続々・河野裕子歌集
『季の栞』『庭』全篇　河野裕子年譜付

114 大野道夫歌集（佐佐木幸綱・岩田正）
『春吾秋蟬』全篇

115 池田はるみ歌集（岡井隆・林和清他）
『妣が国大阪』全篇

116 続・三井修歌集（中津昌子・柳宣宏他）
『風紋の島』全篇

117 王紅花歌集（福島泰樹・加藤英彦他）
『夏暦』全篇

118 春日いづみ歌集（三枝昻之・栗木京子他）
『問答雲』全篇

119 桜井登世子歌集（小高賢・加藤治郎他）
『夏の落葉』全篇

120 小見山輝歌集（山田富士郎・渡辺護他）
『春傷歌』全篇

121 源陽子歌集（小池光・黒木三千代）
『透過光線』

122 中野昭子歌集（　　）
『草の海』（全篇）

123 有沢螢歌集（小池光・斉藤斎藤他）
『ありすの杜へ』全篇

124 森岡貞香歌集
『白蛾』『珊瑚數珠』『百乳文』全篇

125 桜川冴子歌集（小島ゆかり・栗木京子他）
『月人壮子』全篇

126 柴田典昭歌集（小笠原和幸・井野佐登他）
『樹下逍遙』全篇

127 続・森岡貞香歌集
『夏至』『敷妙』（全篇）

（以下続刊）

水原紫苑歌集　　篠弘歌集
馬場あき子歌集　　黒木三千代歌集